INK INK INK INK INK INK
INK INK INK INK INK
INK INK INK INK INK INK
INK INK INK INK INK
INK INK INK INK INK INK
INK INK INK INK INK
INK INK INK INK INK INK
INK INK INK INK INK
INK INK INK INK INK INK
INK INK INK INK INK
INK INK INK INK INK INK
INK INK INK INK INK
INK INK INK INK INK INK
INK INK INK INK INK
INK INK INK INK INK INK
INK INK INK INK INK
INK INK INK INK INK INK
INK INK INK INK INK
INK INK INK INK INK INK
INK INK INK INK INK
INK INK INK INK INK INK
INK INK INK INK INK
INK INK INK INK INK INK
INK INK INK INK INK

INK INK INK INK INK INK

The Little Girl

小小姑娘

虹影／著
HONG YING

紅蘿蔔咪咪甜，看到看到要過年，娃兒要吃肉，爸爸說，沒得錢，媽媽說，灶房有個火鉗。

月亮走，我也走，我給月亮打燒酒，燒酒辣，買黃蠟，黃蠟苦，買豆腐，豆腐薄，買菱角，菱角尖，尖上天，天又高，好耍刀，刀又快，好切菜，菜又輕，好點燈，燈又亮，好算帳，一算算到大天亮，桌子底下有個大和尚。

不知是從哪兒學會的這些童謠，它們就像一絲絲亮光，照著那些沒溫飽和快樂的童年與少女時期。

收入這本書的這些文章，幾乎都是記錄那時期的片片斷斷。

有一次我唱著「月亮走，我也走」這歌謠，母親正巧聽見，她朝我投來關注的一瞥。到晚上，母親破天荒地給我講故事：有一個生在窮人家的小女孩，是個孤兒，她靠給財主家摘豌豆得到一口飯吃。後來有個神仙可憐她，讓她走進豌豆地中，許一個願，說可幫她實現。

小女孩跪了下來，朝天閉上眼睛，許願要有一個家。

當小女孩站起身、睜開雙眼來，發現自己置身於一個有著飯菜香的家裡，爸爸媽媽哥哥姊姊都坐在桌邊。她哭了。

我也哭了，對母親說，媽媽，我要當那個小女孩。母親說，你就是我的小小姑娘。

那夜，我睡得特別踏實。

也由此，這本書取名「小小姑娘」，紀念我和母親一起度過的那些時光。

目次

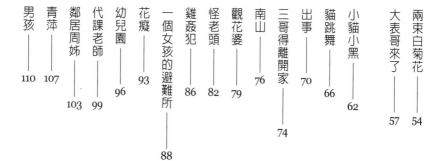

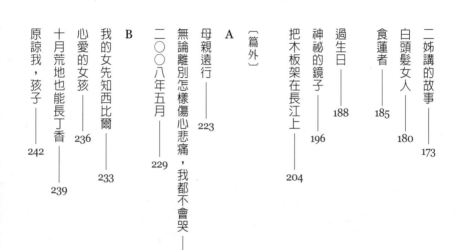

〔序〕

呼喚愛

陳玉慧

讀著虹影的《小小姑娘》書稿，對書中世界有種莫名的激動和熟悉感，我又不由自主地走入十六年前的回憶中。

那一年，我在讀《飢餓的女兒》，不可置信地一口氣讀完，書寫得非常精采，我對小說的情節感到驚訝無比，怎麼會有人經歷這麼多？怎麼會有人如此活過來？記得讀完後不久，我和當時住在倫敦的虹影通了電話，我的第一句話便是：這是你的親身故事嗎？那也是我和她初識的經過，從那天起，我們也成爲朋友。

虹影在那頭盈盈笑著，是啊，是我的親身故事啊。她清淡的語氣，彷彿她早已與那個故事無關。

《飢餓的女兒》是那幾年最讓我心動的一本書。虹影將她的少年時代以無比的詩情和哀傷托出，文筆輕快，她不小心地牽出了一段文革歷史，那麼不著痕跡，又無比沉重，故事說得好，結構完整，情節令人動容，我特別喜歡她下筆的語調。

也難怪後來《飢餓的女兒》翻譯成外語後，會受到那麼多國際媒體的推崇，也得了大獎。那些年，虹影成爲大河的女兒（**Daughter of the River**）！

十五年後，虹影已爲人母，她至愛她的女兒西比爾。我讀這本書時，常有一種感覺，這本書，虹影是爲西比爾而寫。她對西比爾敘述她自己的童年，向她回憶自己的來歷，不是嗎？人只有知道自己哪裡來的，才會知道自己要去哪裡，此書筆調更充滿柔情，或者懺情。

但也有許多不捨。我每每又掩卷，因爲那樣的童年是無比悲慘的童年，因爲那樣的童年是決裂的童年，多少次，我想像虹影與大姊同眠，爲了不敢碰懷孕的大姊，只能躺靠緊貼著冰冷的石牆，多少次我想到受委屈的虹影，因爲全世界都不理解她，只好把自己關在廁所一整天，小小姑娘虹影，個子小而古怪精靈的虹影，長大卻開始寫夢幻神祕的詩句，十八歲離開那個不是家的家，她必須離開，她必須寫，寫那些年，她的沉默和無語，寫那些年，命運是如何形塑她的人生旅途。

我理解。我理解，像這樣的小小姑娘，我理解，像她那樣渴望母愛的人，長大後只能成爲一個好母親，每每我看到虹影細心呵護西比爾，我便了然，從前，她把所有的愛給了文學，現在她把剩下的愛全部都給了這個孩子，爲了孩子，她繼續寫……

我也覺得，這本書是《饑餓的女兒》的延伸版，書中有許多情節是在註解《饑餓的女兒》，那些細節彷彿帶我回當年的現場，讓我見證那個沒有母愛的私生女，在一個無望的四川貧困家庭，多少次，她呼喚著母親，多少次，她呼喚著愛，她的親生父親，她一生只見過一次面，然後，父親與世長辭，而母親有一天也不支倒地，他們全離開了她，而那個家的悲劇留了下來。多少次，寫過多少次了？還要再寫嗎？是的，還要再寫，還得再寫，那個渴望愛的小小姑娘，別無他擇。

她一直在寫，而我們有幸得以繼續閱讀。

小小姑娘

呼喚愛

母親她到底中了什麼邪，拒絕我整顆愛她的心，讓我離她永遠有距離，無法靠近她。

上法院

打我睜開眼，看見這個世界，就強烈地感到母親離我遠遠的。她好像是別人家的母親。

母親離我遠，就算是她抱著我，我們中間也隔著好些東西，她的心不在我身上。我弄不懂她的心在哪裡。

大姊比母親離我近，後來我長大一些才發現，大姊喜歡我，是因爲她喜歡與母親對抗，母親不喜歡的事，她要做，母親喜歡的事，她不做。比如母親並不愛和我說話，大姊就要和我說話。

在我十八歲生日那天，大姊說，我曾像一個破皮球，被母親和父親、生父在區法院裡踢來踢去。

「我多大？」

「你一歲不到。」大姊看看我。我看著她，神情非常專注。

大姊說，那審判廳旁聽席上坐滿了黑壓壓看熱鬧的人，大都是街坊鄰居和一些熟人朋友，母親的態度很堅決，非跟父親離婚不可！父親一口咬定：「不離！」

法官花白頭髮，戴個寬邊眼鏡，臉上毫無表情。當然，見多了離婚的男女，每天都有這樣那樣的人分手。他只是在父母吵得不可開交時才慢吞吞說：

「慢慢講嘛，慢慢講嘛！」

沒隔多久，形勢轉變，母親不要離婚，父親要離，說可讓母親跟我生父走。坊間一直都流傳著一句話，要離婚，切莫上法院，私了，醜事掩得好藏得了。相反，所有的隱私和祕密公諸於眾，會搞得聲敗名裂，遺臭萬年。

母親和父親的婚沒有離成。可這場離婚使兩人一下子丟盡了臉，付出了代價。

大姊說，「上法院，很可怕。可是你長大以後，若再上法院，就不必害怕。」

我問：「爲什麼？」

「因爲人的第一次都會如此反應，害怕，驚喜，擔心。第二次時，就不會如第一次那樣。」

我說：「我不希望有第二次。」

「反正你有防疫能力了。你看看我就是如此，我離過一次婚，再離幾次，也就尋常了。」

大姊說得輕鬆，給我的感覺卻並不是如此。

那始終是個謎

重慶長江南岸野貓溪一帶，只有一個郵遞員，他四十來歲，臉上有水痘後流下的疤印，永遠是綠衣服、綠帆布包和一雙軍用球鞋。這人其貌不揚，可很能笑，笑聲能感染九三巷整條街。郵遞員來到我家所在的六號院子時，父親會和他說上幾句，都是和當天天氣好壞有關。

整個院子訂了一份《重慶日報》，訂報人是我的父親。從郵遞員手中接過報紙，父親蹲在地上，看了起來。

母親走到父親面前，低下身。報紙頂頭上印著一段偉大領袖的語錄，天天一樣。母親從不看。那麼她在看什麼呢？原來她發現父親握報紙的右手還夾著一封信。她取過來，見寫著她的名字，便撕開信封，讀了起來。

在巫山插隊落戶的大姊的信很短，說她將回重慶一段日子。

母親眉頭一挑，告訴父親，大姊要回來。

父親說巫山不好，回來雖然照舊是個窮，可是窮也比那夾皮溝強，一家人在一起。

母親顯得很煩躁，說家裡馬上要多添一張嘴，怎麼辦？

母親尚不知大姊這次回來還多帶了一張嘴，大姊已懷孕八個月，準備生小孩。大姊關於自己已結婚及快生孩子之事，在信裡一字未提。

母親在外做工，掙錢養活全家，只有週末才回家。一個星期我才能見母親一次。她在我的記憶中似乎從沒有眞正地快樂過，所有關於她的記憶，哪怕瞬間形象，都不曾有過開懷大笑，或是默默的一笑。

我記不得母親臉上幸福的模樣、很安心地注視著什麼，她總在擔心焦慮，眼睛也很緊張。但我從未見母親哭，當著我們。父親說：「你媽媽是一個打不垮的人。」

幾個哥哥姊姊也不愛哭，他們也不愛笑。父親呢，更不愛笑，像是一塊燒不化的冰。母親很少與父親吵架。可我能感覺到母親胸中窩著火苗，火苗見我，會越升越高，隨時都可燒毀我，這讓我感到害怕。

假若父親母親打架呢？

我不會願意母親贏。這麼一想就讓我覺得痛快。可見我對母親的失望到了何種程度。這種失望，其實是一種對母親的倚重。母親她到底中了什麼邪，拒絕我整顆愛她的心，讓我離她永遠有距離，無法靠近她。看到別的母女那樣親熱和歡悅，我很想母親能親我一下或緊緊地擁抱我。可是母親連看都不肯多看我一眼。

這始終是個謎。

父親，把我放在一邊。我在他的視線裡，又不在他的視線裡。我從不敢反對他、不聽他的話，他的話對我就是聖旨。父親幾乎從不稱讚我，他也從不對我多說一句話。我很小就清楚，父親對我不親熱，說不出爲什麼。

這始終也是個謎。

小小的我，想解開這兩個謎，怎麼可能做到？

直到我十八歲生日，母親帶我去見生父，一個陌生的男人，我才猛然明白原來天天見著的父親並不是親生的。母親與那個年輕她十歲的男人相愛後生下了我，我是一個私生子。

小小姑娘

那始終是個謎

改名換姓

街坊鄰居，不管大人還是孩子，總是欺侮我，叫我「扁擔腳」，喝斥我站直身體，把雙腿往後彎，彎成一根有弧形的扁擔，罰我站在大太陽下，腿難受極了。姊姊哥哥經過，不當一回事，像沒看見一樣。

我眼裡含著淚水，心裡叫媽媽來救我，媽媽不在家。我叫爸爸，爸爸也聽不到。我叫老天，老天不應。

這個世界上像從沒有我這個人一樣。

沒法形容我小時的模樣，搜遍所有的箱子和本子，只有一兩張那時的照片：一雙眼睛驚恐地盯著前方，眉頭有點皺，嘴唇緊閉，頭髮稀拉，有點像現在女孩子爲時髦把頭髮染成的黃色。我個子小，上學後一直坐在一二排，手指手腕和胳膊幾乎不能再瘦。胸前有鎖骨，脖子格外細長。脖子上有顆黑痣，大家都說它是吊死鬼痣。

四姊有一次這樣叫我。母親聽見了，連看也未看一眼我。

還有一次，三哥也這樣咒我：「吊死鬼，你讓我們全家倒楣運。」看著他那副討厭我的樣子，我眼淚馬上就含在眼眶裡。

我急了，叫媽媽：「我的痣眞是吊死痣嗎？我們家倒楣，眞是因爲我？」

母親沒有安慰我，反而說：「就算當你吊死鬼，你也是幸運的。你還活著，在這個家，就不錯了。裝什麼可憐巴巴，活該！」

母親的這席話，足足讓我難過了一個星期。

母親的眼睛大，瞳仁黑亮，睫毛長又密，眼白略顯淡藍，在不同的光線下變化。眼睛轉動，抵抗著四周沉重的黑色，帶著無盡的悲哀。說我有母親一樣的眼睛，不如說，我恰好繼承了母親內心深處那種不順從和倔強。

十八歲那年我離家出走，全國到處遊蕩。有一回我在一個城市的馬路邊走著路，遇到一個瘦瘦高高的人，他急切地穿過馬路，抓住我的手。他說他是我的初中同學，與我同一個班讀了兩學期，和我共用一張課桌。

我看著他，不說話。

「當時你經常穿一件花衣裳，嘿，你不愛說話，可愛跟我說話。」

我輕輕地說：「有這事嗎？」

「你不記得了。」他失望地低下頭。

他跨過馬路，還回了一下頭。那張臉，有點熟悉，可是無法百分之百確定，他就是從前的同學。對他，我眞是一點印象也沒有。

人的相貌會隨著長大發生變化，有的人變化大，有的人變化小。我的門牙在一次意外事故中磕掉一半，被醫生修補後變得橢圓；嘴唇原有點朝上翹，現在嘴唇閉上後沒有那彎角，眼睛和鼻子都比以前顯得大了些。居然還有人能認出我，眞是令我格外驚奇。我在家裡被家人忽視，我不需要那個家的姓，也不需要父母給的名，我改了一個新名字，就是爲了與過去徹底決裂。

這種面目全非，那個人能認出並明白嗎？

我懷疑。對一個模樣還說得過去的小女子感興趣、想認識的話，打招呼最好的方式之一便是：嘿嘿，知道嗎？我們曾是同學。

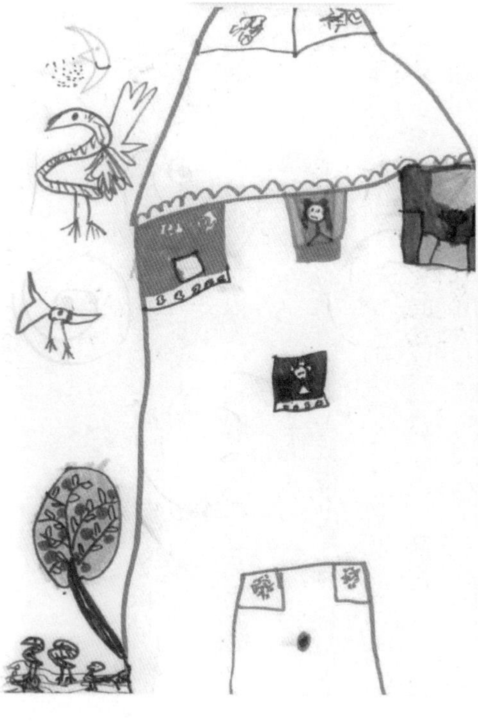

小小姑娘

改名換姓

一只瓷貓

記得小時，北京時間晚上八點之前，我們六號院子的男女老少就會搬自家的矮木凳，坐在近五十多平方米大的堂屋裡，聽一個半導體收音機。中央廣播電臺的各地人民廣播電臺聯播節目八時播出，凡偉大領袖的「最新最高指示」，我們都從這兒聽到。

六號院子在重慶南岸野貓溪與彈子石之間的半山腰上，算得上是整片貧民區最像模像樣的房子，這個一九四九年前有錢人家的大宅子，屋頂和柱子雕有花，顯得古色古香。院子裡住了十三戶。寬大的堂屋靠裡隔出一個雜物間，堆了些亂七八糟的東西。後來隔間被拆，牆上露出毛主席的大頭像，畫像頂上紅紙黃字寫著「我們最最敬愛的領袖、偉大統帥、偉大舵手毛主席萬壽無疆！」畫像左邊寫著「革命委員會好」，右邊寫著「四川很有希望」。畫像底端有兩個小紅忠字，夾著一個大紅「忠」字。

每次聽完偉大領袖的最新指示，人們便取了鑼鼓，甚至鍋盆，走出院子，在一條條巷子裡遊行歡呼慶祝。

這種遊行，母親一概不許我們參加。別人家裡貼滿了毛主席和林彪副主席的畫像、掛各種像章，我們家牆上只有一張各族人民慶豐收的年畫。

上下午都有人在堂屋跳忠字舞，「心中的紅太陽，心中的紅太陽。我們有多少貼心的話要對您講，我們有多少熱情的歌兒要對您唱，千萬顆紅心向著北京，千萬張笑臉迎著紅太陽。敬祝領袖毛主席萬壽無疆！」

沒隔幾天，跳忠字舞的人越來越多，從堂屋延伸到天井，全是熱情澎湃的人。後來院子外空地上也都是人，他們高唱著「萬壽無疆，萬壽無疆」，捧著語錄書，揮著手臂，扭動身體跳舞。

我家對門鄰居陳婆婆一口假牙，拄著拐杖站在那兒，嘴裡輕輕唱著什麼，像好些老鼠在一個寬闊的洞穴裡轉悠。我問母親，母親說那是山歌，好聽。

我很爲母親擔心，覺得她這麼講，早晚會被人抓走。

很快，就開始辯論。街上出現大字報和穿軍裝紮皮帶戴紅袖章的紅衛兵。那些被紅衛兵抓走的人，叫牛鬼蛇神。他們頭上扣著尖尖帽，被紅衛兵押著，經過我們街。他們大都是中學教師。遊街後，他們被帶到三八中操場中心檯子上。我跟著隊伍到那兒，擠進人堆裡，踮起腳尖往臺上看，紅衛兵揪住那些「尖尖帽」的脖子，高呼口號「無產階級專政萬歲」！

不斷有木塊和磚頭架到那些「尖尖帽」的背上。

有個「尖尖帽」受不了，倒在地上。臺上臺下都沒有人救他，直到那個人身體僵直，死在臺上，會才散掉。

第二天中午，我剛放下飯碗，就聽到外面有人驚慌地大叫：「三八中起火了，起火了！」

院子裡大人聞聲就往外跑，我跑得比他們還快。三八中上空冒起濃煙。我爬上大坡石階，走捷路穿過一條巷子，來到中學的操場上。靠大門一幢兩層樓的教學樓左端，火焰燃燒得像龍起舞，勢不可擋。教學樓下是一座花園，入春開迎春花、桃李花，夏天開玫瑰，冬天是臘梅，那時玫瑰開得正豔，摻入了這火花。

學校早因鬧革命罷課了，只住了關押的「尖尖帽」和留守的紅衛兵。學校周圍的居民用盆子木桶往火上潑水，但火勢沒有減弱。消防隊趕來，截斷了火源，才保住了大樓右端，左邊樓燒得只剩下樓上樓下四間房。

這場大火一直燒了兩個小時，火因不明，學校裡保存的檔案全化成灰燼。花園被燒毀了，到處是焦黑的柱梁、黑糊糊的桌椅櫃子。

我在發燙的廢磚爛瓦中小心地走著。不少居民在低頭翻揀有用的東西：一隻杯子、一個黑水瓶、燒了一半或完全成木炭的木頭。我拾到一只小瓷貓，尾巴斷掉，不過不仔細看，看不出來，仍是可愛。用袖口擦淨後，我把貓捏在手心裡回家。進門時擔心被大人看見，趕緊藏在褲袋裡，卻劃破了手指。

母親發現了，用雲南白藥灑在我的手指上。

對門鄰居陳婆婆說：「那個『尖尖帽』死得慘，老天在報復吶！」

那天天黑得早，整個南岸停了電，一片漆黑。六號院子公用廚房灶前點著小煤油燈。冷風一吹過，人影投在牆上像龐然怪物。我不害怕，因爲那是母親，她在做飯。

我的五哥和四姊瞄準了時間回家吃飯。

房裡煤油燈的火苗光映著我們的臉。瓷貓從我口袋裡掉到地上，四姊比我先撿到，告訴父親：「她偷東西！」

父親臉沉了下來，五哥見勢一把奪走我的飯碗。我對父親說，貓不是偷的，是在三八中火堆裡拾的。

四姊冷笑，罵我編瞎話。

父親說：「不管是哪裡的，只要不是你的，就不該要。」

我不說話。母親側過臉來看我。我拿著瓷貓走到院外垃圾坑前，站在那兒，捨不得扔。回頭看院內，隔了好一陣子，才鬆開手。

我回到家時，他們已把碗筷收了。我只有倒水洗臉。

母親一邊做事一邊念叨：「眞是不爭氣，我怎麼會養你這種專讓我操透心的女兒！」

把洗過臉的水倒進木盆，我慢慢洗腳，心裡充滿委屈。眞弄不懂自己怎麼會成了母親的眼中釘、肉中刺？我多麼希望她能愛我一些，至少稍稍關心我一點呀！我這麼一想，眼淚就嘩啦嘩啦流了下來。

上閣樓睡覺時，我注意到四姊手裡有個瓷貓。看到我看見，她有點不好意思說：「肚子餓不餓？」我肚子餓得咕咕直叫，但我不想說餓。

煤油燈稀弱的光亮，彷彿在一點點升高，映在牆上，我的身影也映在牆上，顯得四周鬼氣森森。我起身吹熄了它。月亮透過亮瓦漏下些許光來，屋子裡反倒添了不少溫暖。

十年後閣樓沒了，整個老院子都化爲塵土，那塊地上建了新房子。若不是手指上至今還有淡淡的傷痕，很難相信那只貓曾經存在過。

小小姑娘

一只瓷貓

四姊告狀

我們家窮，幾個孩子就一雙塑膠大雨靴。一逢下雨，就得看誰的手腳快。誰慢了，就得穿球鞋。中學街是一大坡石階，若是雨不大，球鞋沒問題，若是雨大，球鞋就會進水。弄得整雙腳不舒服。四姊早上沒搶著雨靴，父親拿給五哥了。她中午回家時，拿我發洩，把球鞋脫給我，要我給她涮乾淨，放在灶邊烤乾。

我到天井邊，用洗菜水給她涮鞋子。

大姊遠在巫山鄉下當知青，三哥這段時間白天基本沒在家，不知跟什麼人跑到什麼地方去玩，母親因爲加班連週末也未回家，所以家裡的好些事都落到四姊一個人身上。

雨停了，太陽出來，蹲在天井邊洗衣的四姊，心情還是陰鬱一片，現在餵牛奶洗尿布給小孩換衣服的事都落到她身上，我的腿上常有被她在夜裡掐得青紫的地方。我先天性營養不良，血小板低，若是碰撞硬東西，身上就有一塊發青的瘀血，幾天都不散。

我涮著鞋子，看了她一眼，也許她心虛，說：「你看什麼？」
一雙鞋已涮好，可是我說：「你的鞋自己涮。」
她把已涮好的鞋拿走，自己放在灶邊。然後跑到屋裡去跟二姊告狀，說我昨天把一件與她共穿的衣服剪短了。
我被二姊叫到堂屋，她問：「你眞的敢剪衣服？」
我知道自己闖下了大禍，卻一反常態，毫無畏懼地站在那裡不說話。
父親從廚房裡走過來，聽到我剪衣服的事，眉頭皺起來。二姊問：「你錯了嗎？」
我不承認錯，仍不說話，一副看你們能把我怎麼樣的神態。
二姊一把拉住我的胳膊，直拖上閣樓，插上門。
她從床下抽出一根木柴，叫我趴在一條長凳上。我一臉無所謂地爬了上去。她手中的木柴打在我的屁股上，痛得我眼淚只往下淌。
「認不認錯？」二姊問。
我不吭聲。
「還不認錯。我看你犟，你能犟過我？」二姊手裡的木柴又揮了下來，「看你開口不開口？」
我說我沒有錯。

二姊更生氣了，打得更起勁了。

爲了讓小孩子聽話，院子裡大人打孩子，有的眞打，有的假打。眞打的小孩子反而與大人親，被假打的小孩子眼裡沒有大人。曾有個小孩子在江邊對同伴傳授對付大人的經驗，說：「大人一打你，你馬上認錯。大人叫做什麼，就聽從，之後呢，照你自己的想法做。」我聽到後，告訴母親。母親說，「你這孩子眞打假打都沒用。」

我不知母親爲何如此說，她一定認爲我是不可救藥的孩子，壞透了。也許她對我失望透頂。二姊打我的時候，我就想到了母親這話，眞打假打對我都沒用，那二姊不是在浪費時間嗎？

二姊打夠我的屁股，要我伸出手讓她打。我伸出手，她擼了擼袖子，啪啪幾下打下來。十指連著心，我痛死了，雙手趕緊抓著長凳的腳，但是忍住，不叫。

她笑了，「你居然還是怕。」

我聲音虛弱地說：「我才不怕，媽媽說眞打假打我，都沒用。」

二姊一怔：「媽媽說過這話？」

我在長凳上點點頭。她停了手，握著木柴，在那兒想著什麼。一分鐘不到，她坐在地板上喘著氣。

「打人還眞累。」二姊感慨地說。

「還要打嗎？」我害怕地問。

二姊一聽，跳了起來：「骨頭眞賤，你還想我打吧？」她手裡的木柴舉起來。

「要打就把我打死算了。」我用盡最後一點力量說，「我恨你，二姊，恨你們所有的人。快點打死我吧。」

她看著我的眼光，跟母親經常看我的眼光很像，終於她的手垂下，那根木柴掉在了地上。她把我從長凳上扶了扶，我這才呻吟起來。二姊脫下我的褲子，察看輕重。「都紅腫了，以爲你不叫，就不痛呢。」她取來藥膏，給我塗上。

二姊不該是打我的人，若要打我，應該是父親、母親和三哥。母親和三哥都不在，那麼只能是父親。爲何輪到剛剛從學校回來的二姊來揍我，至今我也沒弄明白。

生蝨子

那些天我總覺得頭髮裡有東西，弄得頭皮癢癢的。每隔一會兒，我管不住手，就要去抓幾下。二姊發現我總在抓頭皮，扳過我的頭來一看，說：「你看你呀，不知從哪裡招了蝨子。」

我當然不知道蝨子爲何寄生在我的頭髮裡。最有可能是沒人管我，好久沒洗頭了，太髒，才生蝨子；還有可能是從街上那些生了蝨子的孩子頭上，跑到我頭上的。

二姊滿屋子找煤油。她從閣樓上的床底下翻出所有的東西來，把每個瓶子都打開聞聞，然後蓋上蓋，失望地搖搖頭。又到堂屋房門右側那些裝煤球的地方找，她記得那兒有一些油漆瓶子。找了半天，還是沒找到。最後只能告訴父親，她要煤油。

父親從屋裡櫃子裡一個封得嚴嚴的鐵筒裡，倒了一碗黑糊糊的液體出來，有股刺鼻的味道，我馬上捂住鼻子。

三哥五哥和四姊，沒準早已發現我頭髮長了蝨子，只是都裝著不知道，跟二姊那天關起門來揍我時一樣，沒有一個人來解圍。

我跟著二姊走到天井裡。她叫我蹲在天井的石階上，把頭低下去。我照她的話做。她把碗裡的煤油抹到我的頭髮上，抹得很仔細、很均勻。然後返回屋裡，找來一件破衣服，將我的頭髮包裹起來，包得嚴嚴實實。

「好了，你可以起來了。」二姊看看我，取下她頭髮上的夾子，將我頭髮上的布固定好，拉著我的手，讓我在樓梯口坐著，「別動，一旦漏了氣，煤油會揮發掉，就悶不死蝨子了。那樣，蝨子會長大，會把你一口吞下肚裡去。」

我嚇得要命。煤油悶著我的頭，頭的重量隨著時間的流逝增加，那些蝨子在用力掙扎，往我心上逃，想吃掉我的心。我發現自己的身子是如此的輕，輕得像透明的蛹。來來往往的鄰居在我的眼前走來走去，他們吆喝，他們叫罵，他們大笑。他們在廚房裡做飯、燒柴、舀水，往天井水溝裡倒髒水。我呼吸沉重，透不過氣來，實在撐不住了，我只得無力地靠在樓梯的扶手上，臉像死人一樣白。

十來分鐘後，二姊過來揭掉我頭上的布。滿頭的蝨子被煤油悶死了，她用溫水給我清洗。看著浮在臉盆水面比芝麻還小的密密麻麻一層蝨子，我害怕得周身發抖。這些蝨子在死前，一直躲在頭髮裡喝我的血，讓我又癢又痛、臉色蒼白，病歪歪的。它們喝我的血，就喝個痛快，讓我死，也算做了件好事。可它們不那樣做，而是讓我不死不活，有意折磨我。難道我這個人真有什麼不對勁的地方，沒人喜歡我，連小小的蝨子也可以如此欺凌我？

二姊用木柴揍我的事，我沒有忘。她給我除掉頭髮裡的蝨子，我沒向她說一句好聽的話，也沒朝她露出笑容。

也怪，我那樣對二姊，二姊反而對我比以前好多了。四姊三哥也對我好多了。他們眼睛不像以前那樣盯著我。我想到江邊去走走，透透氣，也沒人給父親和母親打小報告。

夜裡我睡不好，常常突然驚醒。我聽著黑暗中那些老鼠在地板上跑動的聲音，九三巷六號院子前路人的腳步聲。我盼望有一種沙沙響的聲音靠近，那是母親結實的厚底布鞋發出來的。我盼望她回家來。

漸漸地，我重新入睡了。沒過多久，一個熟悉的聲音停在了院子大門口，輕輕地叩了三下。然後是父親拉亮燈的聲音。樓下門「吱嘎」一響，父親摸黑穿過堂屋去院子大門開門。門開了，母親走了進來，看了看父親，牽著他的手，讓一到夜裡眼睛就看不見的他順利地朝亮著燈光的屋裡走。

好了，他們進了屋，坐下來，父親給母親倒了杯五加皮小酒。母親舉起杯子來，對他說，你在家當家庭婦男，眞不容易，我得敬你。父親說，你在外像男人一樣勞動，更不容易，我得敬你。

他們好像有說不完的話。不知是我的夢或是眞發生著，反正那天我睡得很踏實，一覺到了天明。

我心裡難過得想哭。怕人看見，
就走下樓，到院門外。

大姊從農村回來

搬運工人扛著裝玉米黃豆豌豆的麻袋，從江邊貨船上走下來，把它們重重地摔在纜車上。纜車裝滿了，開到山坡上，有些豆子從麻袋的線縫中掉出來，落在鐵軌邊或兩旁的石塊中。有時會沿途撒一地。那些早已守候在鐵軌兩邊的小孩們會蜂擁而上，搶豆子。

我和五哥拿著竹箕，蹲在靠近糧食倉庫門的纜車邊，不敢與那些孩子爭搶。等他們搶過之後，跑到別處，我們才眼如針尖似的搜尋他們遺漏掉的豆子，心裡充滿擔心，開纜車的工人隨時會來把我們趕走，更擔心纜車突然開動。

忽然我抬頭，一個挺著大肚子的孕婦靠在橋旁瓦石階上休息，邊上擱著背簍。仔細一看，那孕婦是我在鄉下插隊的大姊。

五哥也看到了，朝她跑去。

大姊喘著氣，用一條手絹擦臉上的汗。五哥走到她跟前將背簍背在背上，兩人抄小路朝山腰上走去。我跟在他們身後。大姊大著肚子，頭髮變少了，紮著兩根短辮子，沒留瀏海，臉曬得黑黑的。

那天是週六，晚上母親回家。兩人關起門來，很神祕。我悄悄貼在門上偷聽。大姊竟然在和母親吵架，罵母親過分關心她：「大表哥不是你叫他來找我的嗎？」

「我是叫你表哥到你下鄉的地方去看你。你要跟他結婚，該跟我們當父母的說。你們是表親啊，不能結婚，結婚生孩子更不行。」

「哼，我自己的事自己做主。」大姊明顯理不直了，聲調減弱。

她在巫山縣當知青，當在部隊做連長的大表哥去看她，並表示對她的感情時，她答應嫁給他，草草去領了證，到巫山縣城旅館裡結了婚，並一直不讓大表哥寫信告訴兩邊的家人。

我聽得專注，不知身後站了好些愛熱鬧看是非的鄰居。

「走開，走開！」三哥像個凶神一樣趕人。他們離開了，不過仍是豎著耳朵專心地聽。

三哥把我也趕走。可是難不倒我，我跑到閣樓上，貼在薄木地板上聽樓下動靜。

母親說：「你得聽我這一次。你得想想在農村當知青是什麼情形，怎麼會考慮懷孩子？」

大姊說：「我偏要懷孩子，神仙也管不著。」

母親不說話了。

大姊口沫飛濺地撒潑說，這是她的權利和自由！突然她哭了起來，說不想要孩子，才不要孩子，可是孩子自己跑到肚子裡，之前她一心不要在這個家裡，就是因爲母親不愛她，所以她才自個兒跑去派出所取消戶口去巫山農村當知青，可是母親並不使勁阻擋，這麼多年來不管她死活，現在才來冒充慈母。她說她恨這個家，恨母親。

母親心早軟了：「有話好好說，哭啥子，把胎兒哭壞了，倒楣的是你自己！」

「假關心算啥子人囉。」大姊哭得更厲害了，「反正我們這種人也不算人，娃兒生下來也是個窮命、苦命。」大姊怪母親，不該把她從母親的前夫，也就是大姊的生父袍哥頭子（黑社會頭目）的家裡抱走，讓她的命從此糟糕。

母親說：「大丫頭，不抱走你，你的命苦！」

「我情願，可我也會享幾天福。就是你這個壞媽媽害了我一生！」

母親被大姊的話氣得臉發白：「你終於說出這句話來，我曉得就是爲這個，你恨我。難道你報復我還不夠嗎？」她幾乎聲淚俱下。

母親傷心的面容，如烙鐵，刻印在我幼小的心上，怎麼揮也揮不走。

我心裡難過得想哭。怕人看見，就走下樓，到院門外。父親拿著菸桿一個人蹲在昏黃暗淡的路燈下，背靠電線杆，抽菸。我走到父親跟前，悄無聲息地蹲在他的邊上。

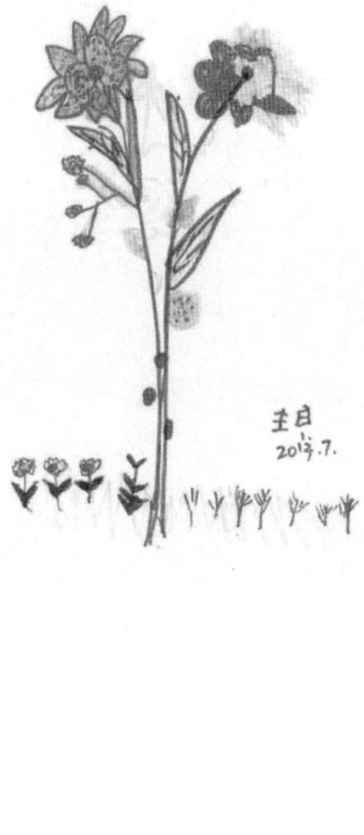

二姊從學校回來

南岸四公里有個師範學校，二姊在那兒讀書，這天步行回來時，天色已晚。她在天井裡摸黑用涼水洗臉，之後用盆裡的水洗涼鞋上的灰土。

她用開水泡冷飯，挾了罈子裡的泡菜，香香地吃完，又喝了一大杯水，這才算緩過勁來。母親催她快熄燈去睡覺。

二姊出了樓下房間，經過堂屋，走上閣樓。

我和大姊睡正對著門的床，四姊睡另一個床。大姊躺在床上生悶氣，臉拉得很長。

二姊問大姊：「怎麼啦？」

大姊從鼻子裡哼了一聲後，便放鞭炮似的說了起來，全是訴說母親如何不對，如何不管她死活。「我懷肚子裡這孩子，其實也是賭氣，我就是要讓媽媽不高興，就是要給她出難題。她這個媽，之前也當得太容了易。我叫她一聲媽，她就得負這個責。」

「不要說了，你太不理解媽媽了！」

大姊對著二姊吼叫起來：「哎喲，媽媽的小棉襖眞是懂事，我以爲這回不幫媽媽說話，結果還是一樣。」

二姊站在屋中央，說不是她幫母親說話，而是人講話得講事實。當時大姊衛校都快畢業了，千不該萬不該，不應去看什麼破電影《朝陽溝》。看得熱血沸騰，背著母親，拿了家裡戶口簿，跑去報名到巫山農村當知青，以爲那裡跟電影裡一模一樣？母親知道了，瘋了似的追出門，追著大姊跑到街委會。母親遲了幾分鐘，大姊報完名已到派出所，下戶口辦手續。母親追到那兒，不讓大姊下戶口。大姊在戶籍面前罵母親思想落後，拖她的後腿，不支持革命。結果母親被戶籍狠批了一頓，要母親好好學大姊。結果呢，大姊一去巫山，當天晚上就後悔了。一旦後悔，就什麼都看不管，在一個窮山溝裡受夠了罪，她想盡辦法跳出來。以爲嫁了人，可出巫山農村。可是大姊夫只是一個連長，不夠帶家屬隨軍。她要麼留在原農村，要麼可轉移到大姊夫參軍前的農村。「大姊呀，我說你聰明，你比誰都聰明，說你傻呢，你比誰都傻。有了孩子，你還能出那鬼農村，回大城市來嗎？」

「出不來就出不來。」大姊大聲回答。因爲沒有蓋被子，她的大肚子露出來。嫌不舒服，她把身體換了一個姿勢。

「現在你回來生孩子，還要在家裡作威作福？」二姊說。

「你話說得太不客氣了。實話說吧，別以爲我是看了電影《朝陽溝》，才對巫山農村抱幻想的，才不是呢！我不想在這個家，我就是想找一個機會和出路離開這個家。」

「這個家對你有哪點不好？」二姊走到床邊坐了下來，異常生氣。她比大姊小三歲，卻像這個家的大姊似的，幫著父母操持家務，每個月無論多麼拮据，想著大姊在農村不容易，還是不忘給大姊匯去五元錢。

母親在樓下房間聽見兩個女兒爭吵，走到堂屋，對著閣樓大聲就：「不要爭了，養兒養女圖個啥？大丫頭你馬上就要當媽了，你會曉得是啥滋味！」

閣樓馬上清靜了。二姊脫衣躺下。

天窗在風中吱嘎作響。

「天窗啷個沒有關嚴？」大姊抱怨地說，拍了一下床邊，明顯是想別人去關上。

二姊和四姊躺在對面床上，沒動靜，也許她們都睡著了。

我從大姊的腳那邊爬下床。大姊半睜半閉的眼光，掃在我身上，她看我的樣子，很不經意，卻有著一種說不出來的怪怪的感覺。

我爬上可移動的木梯。風從天窗朝我衣服裡竄，涼颼颼的，我打了個激靈，緊緊抓著天窗框子，外面是漆黑的夜，沒有一顆星星，更沒有月亮。

大姊不高興地說：「哎，六妹，關好窗，趕快下來！」

我正要關上窗，面前突然出現兩點發光的東西，嚇得我身體一哆嗦，幾乎鬆開手，掉下地板。我站穩了，去察看，原來是一隻貓，蹲在屋頂瓦片上一動不動。

我趕快把兩扇木窗關上，插上插銷。

我不是耗子，不該怕貓怕黑夜。可我承認我怕，尤其怕圍繞在家裡的那種說不出來的陰影，尤其是從每個人身上傳遞出來的不喜歡我的感覺。

回到床上，大姊讓我不要挨著她。她怕我睡著後，管不住自己的兩腳，會蹬著她肚子裡的胎兒。床本來就不寬，於是，我只好蓋好被子，側著身子，靠在冰涼的土牆上。

我生病了

閣樓的木門被人輕輕推開了，一個頭戴鋼盔拿著鋼釬的人，我仔細一看，他竟然是三哥，對我厲聲吼道：「野種懶東西，快起來！」

他手裡的鋼釬上沾著血，那是我的血嗎？我爬過蓋著一層被子肚子隆起的大姊，戰戰兢兢地想下床。結果被三哥一腳踢在地板上，我在地板上翻滾，手臂擦破皮，出了血，痛得直想哭，可我吭也未吭一聲。

他手中的鋼釬，很像樓下屋門後那根。那年他不知從哪裡弄了一個紅衛兵的袖章戴著，參加全國大串連，去了北京接受偉大領袖接見，後來帶回鋼釬，說是他的戰利品。

父親在堂屋發出我從未聽見過的笑聲：「哈，哈，哈。」我嚇得毛骨悚然。於是我朝房門口跑，三步併作兩步往通向堂屋的長梯奔去。身體騰空而起，想飛下樓梯。我下到堂屋，穿過腐臭難聞的天井。身後傳來遠不止一個人的腳步聲。我朝院子的大門跑去，可是那門有兩道左右對插的門閂，緊緊閂著。我搆不著門閂，著急得渾身流出大汗。這時，我的頭被一隻手擠轉過來。

「打死她，打死她！」喊聲響成一片。

「看你往哪裡逃，這麼小丁點，就不得了。」三哥把鋼釺往我胸口插來，我倒在了地上，死了過去。

母親在叫我名字，是的，不錯，是母親的聲音。我的意識慢慢回到身上。母親在說：「怎麼搞的，睡了一覺，發燒了。」

她的手從我的額頭上移開，呼吸急促，嗓音裡似有刺卡著，說得很不暢快，還添了焦急，「趕快做得什麼東西，給她餵餵，摸上去燙成火球了。」

我很想讓她的手就放在那兒，柔軟又清涼。「不行，叫你們做，能做好？得了，我自己去做。」

聽著她出門下樓的聲音，我心中充滿了失望和哀傷。「不，媽媽，我不要你走。」我心裡如此叫喚，嘴裡卻只會說出「不，不」這樣的字來。聲音輕弱，母親聽不到。

父親剛出院門，就被一群穿著綠衣戴著紅袖章的人推倒在地，要他老實交代。父親問交代什麼？

戴紅袖章的人說，每個人都有祕密，得一五一十坦白出來。

我跑下樓去，把父親扶起來。四姊走過來把我扯開，罵我，還脫下臭布鞋朝我砸來。

我醒了，原來是個夢，是個不肯再回想的夢。母親把一塊濕毛巾搭在我額頭，輕聲輕語地說：「你發燒了，好好睡一覺就會好的，放心！」

經過了一天一夜，我還是未退燒。母親只好叫三哥把我揹到區聯合診所打針。爲了我，母親破例未去上班，抓了草藥在家裡用小火熬。

二姊回師範學校去了，夏天似乎從這天開始，空氣裡瀰漫著草藥奇怪的香味。每年夏天開始到漲水季節，白沙陀造船廠都是最忙的時候，母親是搬運工，週六才回家來，週日晚走山路回造船廠，回來也很少和我說話。母親有一天時間爲了我而忙，著實少見。她不時上樓來照顧我，給我餵綠豆汁和草藥湯。

我心裡暖和。躺在床上兩天，身體好多了，母親也去上班了。我和四姊一人睡一床。夜裡我們不必擔心彼此擠在一起撞著了。

下午太陽未偏西，我聽見樓下屋子裡進出腳步聲不斷，說是滑杆抬了大姊回來，又聽見有人在向父親祝賀當外公了。

我迅速走到閣樓門外，看到大姊頭上包了條毛巾，胸前抱了個小娃娃。她從接生站回來了。她抱著小娃娃上閣樓，經過我身邊，看看我，便走進去，把小娃娃放在床上，自個兒也躺下了。

四姊在堂屋對我說：「不要再裝病了，還不下樓倒垃圾去。」

小小姑娘

我生病了

大姊坐月子

父親坐在堂屋的木凳子上，查著一本舊舊的《康熙字典》。他要給大姊的孩子取名字。我父親是個既傳統男人又不傳統的男人。爲什麼呢？傳統在於他的外孫，是個女孩，不能按家譜的排行順序取名字；不傳統呢，是因爲大姊雖生個女孩，他一樣疼愛，甚至比生一個男孩更讓他高興。

父親翻了半天字典，再三琢磨，才給這新出生的女孩取好名字「玲琍」。既像玉，碰擊出好聽的聲音，又像琉璃一樣的美。女孩跟我表哥姓，也就是和母親同一個唐姓。

小娃娃的哭聲尖而脆，我不喜歡。她像知道我不喜歡，故意使勁哭，哭聲切割我的大腦，本來，我在這個家是最不受關心注意的人，有了這個小娃娃後，我就完全不存在了。

因爲天氣變熱，擔心小娃娃生痱子，不久她就與大姊分開睡，睡在家裡的小竹床上。她一見我就開哭，如同天敵，不聽到父親或是大姊、四姊訓斥我，她不會停止。

四姊上閣樓來，對大姊說：「媽媽叫你戴上頭巾，怎麼沒戴？」

大姊說母親管不著她，她才不信坐月子頭不能吹風。她指著床前方凳子上的湯，要四姊喝點。

「不喝，我怕得很。」四姊說。

「喝頭胎胎盤湯最補人，傻得很！」

大姊說她專門給接生站的醫生說了不少好聽的話，才把她女兒的胎盤留下的，否則別想搞著這種好東西，哪怕是自己身上長的。

大姊遞過來湯碗。

四姊推開說：「你在衛校學過，怎麼信吃胎盤？」

「正因爲我是學醫的，我才知道這是最營養的東西，含有巨球蛋白β抑制因子，能抑制各種病毒，還含有酶、氨基酸和碘。六妹，來，嘗嘗。」

我接過碗來，湯飄著一種香氣，還有一股說不出來的腥味，我的胃裡直翻，想嘔吐。於是我放下碗。

「你看，這事我都沒讓媽媽知道，她會反對的，一定會說，人身上的東西怎麼可吃？」大姊轉向四妹，「你幫我清洗，加酒加薑，悄悄燉，你眞是我的好妹妹。」

四姊說：「快點喝，不然味大。」

四姊根本不用提醒大姊，胎盤的腥味隨著湯變涼增濃。大姊不管，她用手捂住鼻子，一口氣將剩下的半碗湯倒進肚子裡。我眞佩服她。

母親爲了大姊坐月子能吃老母雞和雞蛋，晚上加班抬氧氣瓶，像一個男人一樣賣命地幹活。夜裡她回到集體宿舍，隨便將瓷缸裡的冷飯，泡開水和著鹹菜吃完，往床上一倒，沉沉地睡去。

爲了省事，母親的頭髮剪得短短的，本來橢圓的臉變得日漸瘦削。兩件藍色亞麻棉布衣服，洗得發白，輪換著穿。她的身體散發出一種香味，那麼勞動，卻幾乎聞不到汗臭。

我五歲前後記得最牢的就是大姊吃胎盤和母親好聞的氣味。每當大姊的女兒以哭聲對我表示不喜歡時，我就到江邊，坐在窄窄的石梯上，看江上的船。淡淡的晚霧中，一艘、兩艘船駛過，也許下一艘，母親就在裡面。我眞想快快地撲進她溫暖的懷裡，像別人家的孩子那樣，得到母親的撫摸和親吻。

媽媽，總有一天她不會像現在這麼冷淡我，遠離我。

小小姑娘

大姊坐月子

兩束白菊花

大姊夫來了，帶著大姊和女兒去忠縣農村看自家父親。

他們走後不久，江上起洪水了，比著勁兒往上漲。

父親說，打他從家鄉浙江來重慶這幾十年，都從未見過如此凶猛的洪水。長江和嘉陵江匯合處的呼歸石全淹在水裡。洪水在一夜之間長到八號院子下面的糧食倉庫門前。江上浮著上游飄來的樹木、傢俱、死人、死貓、死老鼠和衣服，也有半截木屋浮在水面上。

那段時間人心惶惶，大家都跑到八號院子前的岩石上看江，生怕長江繼續漲水。

我晚上作夢，夢見人們在奔跑，江水把我捲走，我大叫救命。

沒人過來救我。

我沉到江底，變成一條魚。

有一條龍追我，要吃了我。我大叫著醒不來。當然天一亮，院子裡就沒有清靜，我醒來。可是晚上又作變成魚的夢。有一天龍追我時，我急中生智，冒出水面，發現水已退。於是，龍也不追我了。

起床後，我第一件事就是跑出院子，到八號院子前去看江水。真的，江水退了。

所有的人都歡叫起來。

可是二姊一個人在閣樓裡哭。二姊要回學校參加派性鬥爭。那時重慶有各種保護黨中央毛主席的造反組織，有中央做後臺的，也有軍隊做後臺的，最有名的是「八一五派」和「反倒底派」，後者也叫「砸派」。母親堅決反對。門被母親反鎖，母親說：「你啥時想開了，就叫我一聲，我給你飯吃。」

二姊把一段毛主席語錄拋過來，說話打機關槍一般快：「革命不是請客吃飯，不是做文章，不是繪畫繡花，不能那樣雅致，那樣從容不迫，文質彬彬，那樣溫良恭儉讓。革命是暴動，是一個階級推翻一個階級的暴烈的行動。」二姊說，文化大革命的希望就寄託在她們這樣的年輕人的身上。

母親聽完，搖搖頭，什麼也沒說，下樓了。

不知是三哥還是四姊悄悄幫二姊開了門。二姊跑回師範學校。

那是一九六七年，重慶兩江三岸派性鬥爭升級，明槍明火幹起來，慘案不時傳來，搞得院子大門天不黑就關上。每家每戶把菜刀和鐵棍藏在自家門後和床下，以備不測。

二姊走了一週，母親不放心，便到位於四公里的師範學校找二姊。費了一番周折，母親找到二姊，她正在新壘起的兩堆墳前跪著，墳前分別有一束白菊花，白得嚇人，映得二姊那張臉像鬼。

一向小心翼翼的二姊，同時被兩個男同學追求。二姊呢，並未答應他們中間的任何一個。兩位本是好朋友，卻由情敵轉爲敵人，分別當上了學校裡「八一五戰鬥兵團」和「保衛毛主席革命到底兵團」的小頭目。文鬥不如武鬥，革命升級了，山坳中發生武鬥。兩派的頭目，跟外國小說裡的決鬥者一樣，各自丟下身後圍著自己的人馬，舉起了手中的槍，朝對方走過去。槍響了，一個倒下了，另一個也倒下了。兩人爬在地上，又再次扣動扳機，射向對方。

結果兩人都死了，只有幾分鐘時間。兩邊的人都看傻了，不知該怎麼辦。

二姊正在操場旁的女生宿舍裡寫革命標語，完全不知道操場牆外發生的事。第一次槍聲響，她覺得不對勁，便奔向窗口。她看見那兩個男同學舉槍射向對方，倒在地上。他們射第二次時，二姊大叫：「停住！」誰也不聽她的話，血流了一地。他們的臉都乾淨，一絲血也沒有，安詳極了。二姊發出一聲絕望的叫喊，爬上窗臺，想往外跳。當然被人拉住了。

母親對跪在兩堆墳前的二姊低聲哀求：「回家吧，二妹。」

二姊沒聽見，眼睛直直地瞪著前方的兩束白菊花。過了好久，她才抬起臉來，對母親說：「好的，媽媽。」

之後，二姊不再參加任何派系，她躲在宿舍裡讀外國小說、繡花和練毛筆字。從那之後，她不僅是學校、也是我們家寫字最體面最有章有法的人。

大表哥來了

大姊懷著玲琍時，在鄉下吃紅薯、土豆；坐月子時，母親加班賣命地幹，用加班錢買雞和雞蛋補大姊的身體。大姊的奶水非常好，玲琍長得比我們家的孩子小時都個兒大，臉色紅潤，父親抱著她坐在堂屋和天井的過道上，她一個勁地笑。

大姊回農村後，父親和我們幾個孩子帶著玲琍。父親用牛奶和米粉把她養得壯壯實實。

母親爲玲琍一周歲生日在大廚房裡忙得不可開交，她在菜板上切紅蘿蔔絲。小舅舅、舅媽從市中心來了，提了一包紅糖。二姊也回來了。也就是這天，我見到了大表哥——玲琍的父親。他的弟弟也來了，也穿著軍裝，兩人很相像，一米七八個高，儀表也算得上周周正正。母親說大表哥是個連長，二表哥是個排長。我覺得大表哥有楣運。因爲人們說我的脖子有個吊死鬼痣，讓家裡人倒楣。大表哥脖子上也有一顆吊死鬼痣。

我想告訴他。

平日，我是那樣怕生人，可這天，我硬著頭皮說：「大表哥。」

大表哥沒聽見。他從父親手裡接過玲琍，抱得緊緊的，雙手交叉的動作十分笨拙。他親了親玲琍的小蘋果臉蛋，眼睛沒有離開他的女兒。

我不高興了，算了，你倒楣運關我什麼事。於是我看他的弟弟，還好，他脖子沒有吊死鬼痣。我朝他的臉和頭上看，不由得輕輕叫一聲：「二表哥。」

二表哥聽見了，臉轉過來看我，看得我臉有點發紅，可我還是繼續說下去：「你可不可以把你的紅五角星軍帽給我看看？」我結結巴巴說完，頭低了下去，恨不得打個地洞，鑽到地底去。

二表哥摘下軍帽，遞給我。我接在手裡，發現沒戴軍帽的二表哥顯得格外可親，跟我的母親長得像，當然他本是母親的大哥的兒子，與她相貌相似，一點不怪，但他像我的母親，是因爲同樣有那種隱含在內心的擔憂。

我打量手裡的帽子，亮閃閃的紅五星。沒有孩子不對軍人的衣著嚮往和迷戀的，我剛準備把軍帽戴在頭上，就被一個十來歲的少年搶過去戴在頭上。他是同院鄰居王叔叔家的小兒子，長得比我高，在堂屋裡走來走去，吶喊著「一二三，齊步走」，彷彿眞當上了軍人一樣。我想把軍帽拿回來，可是一靠近，他就轉一個方向跑開，弄得我滿頭大汗。

二表哥叫住了那少年，從他頭上摘下帽子來遞向我。

母親端著一摞碗走了過來，對二表哥說：「別給她。」

母親叫我去倒垃圾。我不太高興。「快去，懶骨頭！」母親並不因爲有客人在，就對我有耐心。

跟在母親後面，走進大廚房，簸箕裡裝了灶坑裡的煤渣、擦小孩糞便的紙和菜頭、菜根，堆得滿滿的。我彎下身子搬簸箕，「太重了，媽媽。」

母親蹲在地上洗菜沒理我。

後院孩子被打的哭聲傳到大廚房，煤煙味和辣椒味熏人，喧鬧聲夾著少油水的鐵鍋和鍋鏟相撞的聲音。

我把簸箕挪到灶門口，往灶裡倒掉些爛菜頭。母親看見了，停下洗菜，用火鉤將我倒在灶坑裡的爛菜頭又裝入簸箕。「用勁搬，搬完才吃飯。」

母親端起燒好的一碗蘿蔔骨頭湯，朝堂屋走去。

我用力地端起簸箕走了幾步，在堆滿木盆木桶本來就窄小的過道上艱難地走著。「好生點，莫弄髒了我的盆子！」王家媳婦在那裡吼叫。我乾脆把簸箕抱在胸前，用吃奶的力氣往院門走。

好不容易到了院外。我每下一坡石階停一下，終於到了江邊垃圾山。

那個中午我沒有回家吃飯，心裡對母親充滿怒火。母親她根本不愛我。我脫了涼鞋走到柔軟沙灘上，江水湧過來舔在腳趾上。江北岸，斜看過去，可看到那座白塔，頂著灰濛濛的天空；南岸這邊有兩座塔，怎麼看，怎麼望，只能見一座。

老李頭說，那三座塔是很早以前大禹治洪水時，分別用來鎮住龍頭、龍身、龍尾的。壞龍被鎮住了，長江也就不發洪水，老百姓才有太平安定的生活。

鄰居老李頭還說，人不能同時見三座塔，只可能見兩座或一座，見了三座就要出大事，龍就擺脫了三塔，必出來搗亂。

我眞想望見三塔，這樣，當龍得到自由時，洪水出現，要捲走我時，母親一定不像今天這樣對我，她會對我好，會救我的。

這麼一想，我心情就變好了，穿上鞋子，往山上的家走去。

看了一個多月小人書，我浸透在虛構世界中，忘掉周圍殘酷的社會。

小貓小黑

在九三巷六號的院子土坡下面，有一個小水塘，經常發生貓溺死的事。

那水塘方方正正，十五個平方大小，誰也不知它有多深。在水塘邊有一間矮小破爛的房子，住在那兒的老李頭說，打有這條長江時，水塘就有了。意思有盤古開天地之久。誰也不信他的話，可我信。

水塘一年四季，不論下雨颳風豔陽天，水都青幽幽的，水位不變。附近的人從不飲塘水，也不用來洗衣物，說不清爲什麼，習慣成自然。

水塘邊長滿各種花花草草，生得茂盛，連馬齒莧也長得比別處肥大。

我和五哥常去水塘邊摘馬齒莧。母親說馬齒莧有豐富的營養，也叫長命菜，她教我們做涼拌馬齒莧，把馬齒莧洗淨後，在開水鍋燙一分鐘撈到簍箕裡，撒上少許鹽，放蒜和薑絲，下飯時加點油辣子，它本帶酸味，下稀飯特別可口。

水塘邊上有一座小花園，用籬笆圈起來，有道小木門，是老李頭的。他很少和街坊鄰居往來，沒結婚，卻有一個女兒定期來看他。都說她是他解放前在江邊撿來的小棄嬰，當時奄奄一息，是他想法救活的。有人說他做過磨刀匠、修床師傅和彈棉花工，但打我有記憶，就只看到他專心專意整理他的花園。

哪怕是弄泥土，老李頭也是戴著手套，很愛乾淨。也因此，有鄰居懷疑他是潛伏下來的國民黨特務，要整他的黑材料，沒想遇到麻煩，原來他撿來的女兒在區裡當幹部。打那以後，他眼裡更是無人一般，不和周圍任何人接觸，彷彿整個世界就他一個人。

每天下午，有太陽時，他搬出小凳子，坐在家門口，發白的眉毛下一雙眼睛，盯著園子裡的花。他會打一個盹，於是有膽大的小孩翻進籬笆去偷花。他的屋頂瓦，連著一條小路，就是通向我們九三巷六號院子那條路。

偷花的孩子得手後，總會弄出聲響。他馬上醒了，像個年輕人似的追過去，追到他屋旁那坡石階爲止。那些偷花不成的淘氣鬼，會在他的屋頂瓦片上跳，瓦片易碎，孩子跨過屋簷邊一條流淌雨水的小溝跑了。他喘著氣，罵「有娘生無娘養的死娃兒」，一直到黃昏每家每戶的大人下班爲止。只有這個時候，他不是在他一個人的世界。

有一天清早，趁老李頭沒打開門，我和五哥去摘馬齒莧。水塘裡漂著一隻死得硬邦邦的花貓，五哥看見，拔腿就跑，他受不了。水塘淹死貓是不稀罕，可是怪就怪在經常是沒人認領的死貓泡在水塘裡好幾天，池水還是青幽幽的，沒有一點死腐臭味。

老李頭用一個細鐵絲做的網勺子把死貓弄到塘邊，最後，埋在他那個小小的花園裡。那兒不論種什麼花都長得特別茂盛、香氣四溢，我懷疑這跟埋在花園地下的死貓有關。花的香氣，讓人暈乎乎，想趴在床上睡覺。可我愛聞那花香，也喜歡聞了之後，悄悄爬上閣樓，睡一覺。

五哥坐在堂屋裡的樓梯上，臉色難看。他怕看死貓，那樣會讓他想起他的小貓小黑。小黑本是三哥弄回家的，弄回家之後三哥便不管了。小黑當時餓得亂叫，五哥把自己的一碗稀飯分了一半給牠，小黑後來和他很親熱。

三哥的同學送給他五隻灰鴿。閣樓天窗，巴掌大的地方，成了三哥養鴿子的天然場所，他成天在那活動木梯上爬上爬下，放鴿子，寫個紙條給那養鴿子的同學，等著鴿子帶回同學的紙條。他從不打掃鴿子籠和清掃鴿屎。時間一長，天窗上下，還有板牆和木梯上，都是鴿屎。木梯就在我和四姊睡的床邊，遭殃的是我和四姊。我們抱怨三哥，他理都不理。

有一天三哥爬在天窗上逗鴿子玩。小黑爬上天窗，瞅著鴿子看，想撲進去。鴿子憑本能從天窗飛出，三哥一回頭，朝小黑猛吼一聲，嚇得小黑一下跳到樓板上。三哥下到地板上，朝小黑狠踢一腳，小黑一聲慘叫，跑下樓去找五哥。

五哥不在家。

第二天早晨五哥喚小黑，小黑沒出現。五哥急了，出院子外找貓。最後在水塘裡看見了小黑的屍體。他把小黑撈起來，蹲在邊上，輕輕摸著，一邊還在笑。我有點吃驚，走近一看，才發現他在哭。

老李頭站在自家門前說：「爲一隻貓哭值得嗎？」

五哥仍是哭，頭越來越低，埋在兩個膝蓋之間，那種傷心是我難以接受的。

五哥在院外那片長有小樹林的土坡上，用一個破土碗挖了一個深深的坑，把小黑埋了。我幫他將挖出的土一點一點往坑裡推。

小黑的死，跟三哥用腳踢牠的行爲有關，也跟三哥之前丟棄牠的行爲有關，三哥對牠的討厭，一定讓小黑失望透了，又找不到五哥，乾脆自己走了。五哥從未問自己不在家時發生了什麼，但那之後，一向霸道的三哥，遇事也要讓著五哥幾分。

貓跳舞

母親帶我去廟裡燒香，那是三歲。母親事先叮囑我右腳先跨進門檻，可我忘了。進去後，母親問我，你哪隻腳先進？

我搖搖頭，忘記了哪隻腳先進去。

母親讓我在文殊菩薩面前跪下來，請文殊菩薩保佑我。

後來母親自己去，她給每一個孩子燒七星燈，她看每一個孩子的命。她高興時告訴我。我認眞聽。聽第二遍時，就不認眞聽。不用說，母親很失望。

從那之後，她就不再講去廟裡的事。

春天來了，沒過多久，就進入夏天，又有一隻貓掉進院子外的水塘裡了。貓毛髮黝黑，脖子有一圈白，像戴了一個項鏈。老李頭把死貓撈起，做了他花園的肥料。我在邊上看著，感覺貓的命眞慘，養貓的人不來處理後事。聯想到自己的命，我哭了起來，眼淚掉進泥土裡。

那天夜裡，我閉上眼睛，雨淅淅瀝瀝下起來，打在閣樓的瓦片上，聲音很響。我的床前站著一隻貓，很像那隻死去的貓，他對我說：「小妹妹，請你跟我來！」

我左右看看，姊姊們睡熟了。我爬起來，跟著貓下樓。月亮穿過雲層，朝我們移來。可是雨點並不減弱，奇怪，我的衣服是乾的。我們出了院子，下坡，一直走到老李頭房子邊上的水塘邊。塘裡的蓮葉青綠，紫色蓮花開得正豔。貓跳上蓮花，那紫色猛地變成紅色，一滴滴露珠滾落進池裡，濺起一道道細微的波紋。月光下，老李頭花園裡的花紛紛盛開，眞是好看。

五六隻貓從那些花裡鑽出來，從那深埋的土裡鑽出來，直起身體，拍拍身上的泥。他們排著隊，踮起腳尖走上水塘邊。月光像布景燈打過來，照在他們身上，他們朝我一亮相，開始舞蹈。

哇，他們動作一致，有點像芭蕾，也有點像我們人類在堂屋跳的忠字舞。

沒錯，這些貓準看過大人小孩跳忠字舞，他們模仿那節奏和動作，眞是天才。跳高興了，有一隻貓發出笑聲，其他貓跟著笑，笑聲很響亮。

最後他們朝我半蹲步，雙手朝後，做謝幕。我拍手。

那隻叫醒我的貓站出隊來，對我說：「謝謝你爲我的死那麼難過。」

我反倒不好意思了，說：「同病相憐。」

貓深深地向我鞠了一下躬，然後說：「小妹妹，我送你回去吧，天色不早了。」

我對他們擺手再見。他們仍是直起身體，只用兩條後腿站立。我跟著那隻貓走回院子，大門在貓面前自動打開。我家閣樓的門也是如此。然後貓向我伸出手，握握我，我發現貓的手濕熱一片，大概是汗。

我關上房門，躺在床上，也許我在夢遊，一切是那樣不眞實；也許那個有貓的世界，才是眞實世界；也許我去了自己的前生後世。但是我不要那個世界消失，於是我叫了起來：「我不要，絕對不要。」

四姊用腳踢我，「叫什麼，你一夜不得安寧，讓人睡不好覺。」

我睜開眼來，瓦片上還是有雨點在啪啪打著，偶爾江上傳來一兩聲汽笛。我看了一下小鬧鐘，已五點，該是清晨了，因爲下雨，從玻璃瓦片看出去，還是黑糊糊的一片。

小小姑娘

貓跳舞

出事

那天空氣特悶，吃過午飯後，空中響起滾滾雷聲。我和四姊戴著斗笠，到中學後街那條小溪去洗玲琍換下的尿布。雨嘩嘩淌在石階上，每一級臺階都乾乾淨淨。溪水過橋後到陡坡處有一段較為平坦，傾斜如天然洗衣板。現在因下雨水變得有點渾濁，作為沖洗尿布頭遍已不錯了。

四姊在我的下面一塊石頭上用刷子洗球鞋。她要我遞給她放在石坡上的肥皀盒，過一會兒又要我遞她另一隻髒鞋。五哥戴著草帽，手裡握著一個竹箕，從石橋上走過來叫我，說是糧食倉庫運貨的船到了，要我和他一起去江邊纜車旁撿豆子去。

我趕緊將剩下的兩塊尿布在溪水裡沖了沖。

「洗乾淨點，急什麼？」四姊說。

「要不你就洗，要不你去撿豆子。」我說完把尿布扔到盆子裡，起身和五哥一起往半山坡的糧食倉庫方向走。

雨來得快，小得也快，毛毛細雨點打在皮膚上，濕濕的，很舒服。我和五哥走到糧食倉庫時，貨船已到了。裝卸工人們把一個個重有一百多斤、裝有各種豆子的麻袋扛在頭頂、肩上，走過跳板，往纜車上碼，碼完一車後，蓋上一張大大的塑膠布。兩分鐘不到，纜車兩邊就圍了五六個面黃肌瘦的孩子，有的流著鼻涕，臉髒兮兮的；有的戴爛草帽，腰間繫一根繩子，統統赤著腳丫，蹲在纜車邊，他們手裡的瓦罐和籃子裡有少許綠豆黃豆。

雨停了。因爲下過雨，從裝糧食的麻袋漏出的豆子大都陷進濕漉漉的地面。我用手指把它們掐出來。

一路尋找豆子，我從纜車底端慢慢到了頂端，蹲在倉庫那扇敞開的紅門邊，這時一串鈴聲響起來，我以爲是船的汽笛，繼續埋頭撿黃豆。

卸完麻袋的空車往下開。我聽見了五哥的叫聲，同時看見纜車向我撲來，我嚇傻了，雙腳牢牢地釘在原地，動彈不了。

那是快下班的時候，因下過雨的緣故，天始終灰濛濛的，開纜車的人沒有看見倉庫紅門前有個小女孩；或者也有這樣的可能，那輛往下行駛的空車剛好遮住我，駕駛員根本沒有看見我，直到五哥從斜對面躍過把我推開爲止，他仍不改速度。等他聽到五哥受傷發出巨大的慘叫聲時，他手中的閘已晚了一步。

纜車停止，空氣凝固，只有我淒厲的叫聲在響：「五哥，五哥！」

二姊聞訊趕來，把五哥揹到附近的三九醫院裡。

當父親扳開五哥那緊握成拳頭的手時，三顆小小的黃豆從小小的手掌裡掉到了地上。父親的臉色鐵青，他不看我，只盯著牆一動不動。

穿白大褂的大夫來了，把五哥推進手術室。我看著那緊閉的手術室，神志恍惚。

走出醫院急診室往江邊走，我想到了還在白沙陀造船廠上班的母親，我當即決定要去找她回來。

我走得急，到了輪渡售票亭時才發現未帶錢。面朝江水一分鐘不到，我身體機械地右轉，一個勁地朝下游走。我知道只要順著江邊走，就可以找到母親。我想到的不是五哥，而是父親那張鐵青的臉，那纜車輪子上的血跡，還有軌道上被壓扁的小簍箕。爸爸，對不起，我情願纜車壓著的是我，而不是五哥。媽媽，你在哪裡？我要你原諒我，因爲救我，五哥腿才被壓傷，就算是你罵我，說該是我的腿被壓傷，我也不會生你的氣。

雨點稀稀落落又下了起來，像是從江上蔓延到江岸上，開始打在我身上，越來越密。我繼續往下游走，越走越快。跌倒了，我又爬起來。

終於，看見了在沙灘上抬氧氣瓶的母親，我用最後一點力氣奔過去。母親也看見了我，她似乎在叫其他抬工停。她扔掉扁擔朝我這邊跑來，用我從未看見過的那種眼神，那種急切，靠近我。

小小姑娘

出事

五哥當天就出院了，差一釐米，他的腿就傷到骨頭。大夫對父親說：「眞險，你的兒子。」包紮好後，大夫又給五哥一些藥水和紗布，說現在世面上亂，不必來醫院，自己換。注意不要沾水，讓傷口感染了。

自始至終，母親一句話也沒責怪我。

她對父親說：「從今以後，哪怕米缸裡只剩下一粒米，也不要讓孩子們去撿豆子了。」

父親點點頭。當天晚上父親在大家上床睡覺時宣佈這項重要決定。不讓撿豆子，並不是說不讓撿菜根菜頭。三哥帶著我們去三塊石山裡撿野菌和在河溝裡撈河蝦。我們經常跳進溪水裡嬉戲。有一次父親也跟來了，他教我們如何用網撈河蝦。

三哥得離開家

好時光隨即就中止了，三哥被通知，得去邊遠的農村當知青。滴酒不沾的父親，天天喝酒，臉上鬍子拉碴。

他取了魚竿往山上去，他有意避開我們這些孩子。母親要我和三哥跟在父親的後面，母親怕他出事。

父親蹲在我們幾個經常撈河蝦的小河邊的一塊大青石上，腰板挺得端端正正。他的背後是一片松林。他拋下帶魚餌的線，看著平靜的水面那串白浮標隨微風輕輕移動。父親從褲袋裡掏出火柴想抽菸，可是，卻忘了帶菸桿和葉子菸。

我悄悄問三哥，是否要花一個鐘頭回家去取父親的菸桿和葉子菸來？三哥搖搖頭。我們一左一右朝父親走過去，坐在他的身邊。父親知道了，也沒說話。

南山

重慶南山山脈有一座山，山頂豎著三塊自然生成的大尖石，遠遠可望見，尤其在朝天門碼頭，不用望遠鏡也能瞧到，我們叫那座山「三塊石」。三塊石有個公墓，在很大片松林之中。打我三四歲起，父親常帶我去那兒打柴。

父親曾是舵手，全國一片大躍進時，白天夜裡開夜船，累壞了。大飢荒中又加班太多，營養跟不上，他好幾次從駕駛室跌下江去。最後一次幾乎丟了性命，在醫院住了好久。病好後就回家當家庭婦男。他的眼睛是漸漸瞎的，我上小學前，還幾乎看不出來眼有毛病。那時，白天看東西沒什麼問題。我上初中時，他眼睛就不太好了，拿一份《重慶日報》看，要戴眼鏡。後來看報時間久了，中間得取下休息一會，晚上得摸著走路做事。父親告訴我，他這眼病叫夜盲症。在我上高中時，他白天看東西就模糊了，晚上更是不行，完全看不見。

父親眼壞後，再也未與我去三塊石打柴。可是他常常提起那座山。他說我小時候，倒是愛和他說話，從家往三塊石的路上幾乎都是山坡，我總是問這問那，每回他都耐心地回答我，有次遇上連他也不知的樹名，就回家查他的大詞典，把樹名告訴我。他懂得很多，比母親有學問。我對父親很佩服。

父親也是教我識字的第一人。他看到豌豆花胡豆花油菜花，就在地上用石頭寫出來，讓我讀出聲。他說，眼瞧到，心就記住。我記性好，父親高興地說，你比你幾個姊姊聰明，教一次，就夠了。

豌豆花在我們下山的小路上不約而同地綻開，鮮活潑潑的。我大聲對父親說，「豌豆花，豌豆花，開白花，像蝴蝶，我喜歡它。」

父親繼續扛著柴，費力地走在我前頭。

那個早春三月，天仍有些寒。

下雨天，天井裡水洞眼堵了，雨水流得慢，濺了好些水在天井的石坎上，那是連接廚房與堂屋的惟一通道。父親有天摸黑走過，摔了一跤。我和四姊幫父親擦上紅藥水。我對父親說：「我一定要快快長大，好帶你去北京醫你眼睛。」

父親愣了一下，拍拍我的頭。

四姊不高興了，說，「還輪不到你。我們是吃乾飯的嗎？」她見父親瞪眼才止住了。

後來上閣樓睡覺時四姊說，「媽媽爸爸已試過治病，可是輪船公司醫院的醫生早就下過結論，就這夜盲症，還有青光眼，只有開刀才有機會，只有百分之一的希望醫好，但也可能全瞎，而且只有北京的大醫院才能做手術，重慶再好的醫院也做不了。爸爸不同意開刀，更不要去北京，說沒那筆錢。媽媽非要去，兩人爲此都吵架了。最後爸爸說服了媽媽，說我還不想眼瞎，看不到你和孩子們。讓我多活幾年吧。」

錢是好東西，沒錢，誰也不是英雄好漢。我對四姊說：「我長大一定要好好掙錢。」

她在床那頭，踢了我一腳，「作什麼夢。快睡吧，明天還要早起。」

我那天晚上在床上翻來覆去睡不著。治父親的眼病成了我心病，我有個感覺，若有一天自己長大眞掙著錢了，父親也會拒絕去北京醫院開刀。以後父親果眞如此。

他一直活了八十二歲，在家中平靜去世。他去世後，葬在南山。

觀花婆

觀花婆來跳神，念咒語，用巫術治病，幾乎是我童年記憶的一部分。每逢院子裡有人生病，就會遇到觀花婆來，對著西天方向頂禮膜拜，燒香請願，有說有唱，舞跳得更奇，有的觀花婆腳上有鈴鐺的腳鐲，不必跳舞，走路聲音就非常好聽。那些觀花婆穿戴也像小人書裡的古時人物。

我滿四歲那年，後院的鄰居鐘媽媽病了不吃不喝，大睜雙眼在床上，不認識家裡人。觀花婆來了，頭頂紅布，閉上眼睛坐於椅上，雙足踏行狀，劃火柴燒買路紙錢。一分鐘不到，她稱進入陰司，叫屋子裡的人不要出聲，之後自稱死去的爺爺，聲音倒是極像，說是鐘媽媽的祖墳進水。鐘家去修好墳當天，鐘媽媽從床上坐起來，大吃稀飯三大碗，病好了。

我們家六個孩子，倒是賤長得很，較少生病，一般都是父親給我們一些藥片就解決事，沒有請過觀花婆。惟有一次，是我左臂拐肘扭了筋，母親正巧在家，趁著天黑，把我扭到院子後面水溝那個巫醫家。巫醫神祕兮兮，她拿腔拿調，本不想治我，後來母親讓她改主意了，便給我抹了一種自製的黑乎乎的東西，說了幾句莫名奇妙的話，一股電波穿過我的左臂，疼痛馬上減輕，等回到家，手好使如初。

好多年後我才弄懂，那個治我手的巫醫爲何那般情形。從文革開始到文革結束這段時期，觀花婆巫醫是封資修，統統打倒，巫醫轉爲地下營業。

小小姑娘

觀花婆

怪老頭

春天來臨，每有霧，街上房子都模糊不清，呼吸也不暢快。

霧自得地在這座城市間游移，有時江的南邊濃，有時江的北邊濃。我年齡小，還不能上小學，心裡等不及，就喜歡站在中學街，看那些能去上學的人，揹著書包走上石梯的樣子。他們從霧裡鑽出，走近我，又消失在霧裡。

一般是清早我去江邊倒垃圾，我家通向江邊的小路，在霧中若有若無。渡船不會行駛，泊在渡口，大型貨輪客輪，鳴叫著在江上慢慢行駛，全掩藏在霧裡。

我第一次和怪老頭碰見，是在江邊，他也在倒垃圾。瘦精精的臉，眼睛總是睜不開的樣子，未到六十歲，頭髮白盡，穿得破爛，卻很乾淨。倒完垃圾，他把竹簍放在江水裡洗洗，就去纜車邊上的豆芽攤，伸出兩個手指頭。

賣豆芽的，馬上給他稱兩斤，倒在竹簍裡。

我也得買豆芽。我從褲袋裡掏出網簍來，也伸出兩個手指頭。

賣豆芽的馬上笑了，說：「你這孩子，學得飛快。他不愛講話，你也不愛？」

我點點頭。

賣豆芽的穿了一雙長及大腿的雨靴，走到江邊，在那兒掏了掏，掏出一塊長了花紋的帶紅色的石頭遞給我，「喜歡嗎？」

我接過來看看，石頭眞是好看，我又點點頭。

我把石頭放在褲袋裡。這時轉過身，剛才買豆芽的怪老頭提著一桶江水，正往山坡上走。付了錢，我一手提豆芽，一手提竹簍跟了上去。

在長滿了蒲公英的小路上停上，朝裡走兩分鐘，有兩幢小小的磚瓦房，窩囊地並排在一起。他走到裡面一幢停了下來。他在門前的石階上放下水桶，進到了門裡。過一會兒，拿住一塊明礬放進桶裡，本來有些混濁的江水沒隔多久變得清亮起來。眞是神奇。

從那之後，我開始注意他。他常常到江裡洗澡，養了兩隻鴨子，有時把鴨子弄到江中游幾圈，他只要怪叫一聲，那些鴨子便游回了岸邊。從沒看見一個親戚或朋友找過他。這條街的人都知道他會魔法，誰惹著他，家裡的飯會煮不熟，衣服曬不乾，哪怕在灶邊烤乾了，穿在身上也是濕濕的，皮膚發癢。

文革開始沒多久，他不時到中學街的雜貨鋪子買五加皮酒，坐在門檻上會喝小半瓶，這才下石階。走到我住的六號院子前，舉起酒瓶，美美喝一大口，哼唱幾聲誰也聽不懂的小曲。喝到八號院子前，手中只剩半瓶酒，身體就有些搖晃了，繼續往坡下走。

下江邊上山坡來的人都厭惡他，有人還停下來專門嘲笑他。這人回家後，門怎麼也關不上，大冬天喝北風。

不過他對自己的隔壁鄰居從未使過咒語，倒是救過這家的小孩子。有一次小孩子爬出門檻，往石階上爬，下面就是懸岩邊。他看見了，站起來，閉上眼，手一揮，那孩子就固定在懸岩邊，對他微笑。

孩子的母親趕過來，抱起孩子，凶狠地罵他。那一次，他沒做法。

有一天，紅衛兵來把他抓走。隔了兩天，他被放回家。那天夜裡，他一個人整夜在沙灘上裸著身體狂奔。

清晨，他的屋頂冒起滾滾黑煙，直往江對岸撲去。

父親和周圍的人提著滅火器和水桶去滅火。糧食倉庫有電話，叫來消防隊，火才熄了。

火不是被熄滅的，而是燒盡了。公安局的人來，抬出一具燒得熱騰騰的臘肉屍體，油黃油黃，像剛出爐的烤鴨一樣，整條街都是肉香。

那麼多的人湧來，把九三巷和中學街的路都堵斷。

那臘肉屍體是怪老頭，但他兩隻合攏放在胸前的手，長著老年斑，經絡畢現，一點也未被火燒著，也未被煙熏黑，眞是奇怪。看熱鬧的人說他是落網的牛鬼蛇神，從江對岸下半城搬來，戶口上的原住址是在南紀門一帶；也有人說他以前可是有錢人家的少爺，聽說曾進過蔣光頭的黃埔軍校，後來爲國民黨做潛伏間諜；還有人說，那沒證據，是冤枉人家的，這不，才自個兒死了。

怪老頭點汽油自焚，眞是自焚，因爲那麼大的火居然不向左右兩邊燃燒，左邊就是種有葡萄樹的尙家，尙家隔壁就是我們六號院子十三戶人。右邊是一個平房，住了一家七口人，平房屋頂緊接著八號院子後院，更是七八家人。怪老頭只燒他自己的房子。連死這件事也能控制，眞是令人佩服。

那燒掉的一間破屋，後來依然若故，全是殘垣斷壁。父親提著滅火器衝去救火的樣子，每次經過那間爛房子，便閃現在我眼前。那天父親對我們幾個孩子很生氣，說我們也不幫忙，沒人敢頂嘴，我們可以氣母親，卻從不敢頂撞父親。父親端起一碗稀飯，喝了半碗，就放下。他坐在堂屋抽葉子菸，一直到我們都上床睡覺了。

我睡到半夜，覺得父親倒很像潛伏間諜。怪老頭的臘肉屍體出現在眼前，我可不想父親也像那樣。爲這胡思亂想，我狠狠地賞了自己一巴掌。

雞姦犯

南岸野貓溪九三巷這條街有三個大院子，分別爲六號、七號和八號。我家在六號院子，住在七號院子裡的胖子叔，一直有人緣，經常有好些工人在他家喝酒唱歌窮作樂。

在這條街，這個地區，人人都知道我是非婚生子女，就我不知。我和母親額頭上烙著紅字印記，經常遭人白眼和欺凌。可是胖子叔每每見了我，並不像周遭鄰居那樣看低我，他總是朝我點一下頭，或微微一笑，很友善。我呢，當看不見，可心裡記住了。胖子叔對我母親也是如此，母親扛了東西回家，經過他的院門，或在路上遇到，他會幫她扛回我們六號院子。母親說，胖子叔是一個好人。

文革開始了，胖子叔積極參加，他家裡成了辯論的場地，聚了好些人。他的農村妻子，圖個清靜，就不來城裡了。倒是常有農村的年輕後生、遠房侄子捎些山貨來看他。

有一天我放學回家，看見公安局把胖子叔銬走。他眼睛平視前方，什麼人也不看。圍觀的人群議論著，說他跟他徒弟做那連雞狗都不如的事，活該。不久，很多壞分子被押在廣場開公審大會，他的脖子上掛著「雞姦犯」大木牌。會後，遊街時，我看見他，整個人蔫了，眼裡失去了光亮。

胖子叔關了十年才被放出。說是因派系鬥爭，得罪了造反派頭子，想整他，可是他家庭成分好，又革命，找不到什麼岔子，最後發現他不喜歡女人，總和男人打堆。

母親說，胖子叔幸運，因爲證據不足，找不到一個他的徒弟承認與他有問題，才只關了那麼久，不然少說也是二十年。

一個女孩的避難所

我家附近的中學街，與重慶南岸其他街相比，並不陡，也不算窄，每隔十來步石階就有一塊平地，無論石階還是平地全是青石塊鋪成，年份久了，石塊好些地方有斑點並凹陷不平。中學街是野貓溪與彈子石兩地區交匯點，有好些小店鋪，夾在住家之中，依此中心地段做點小生意爲生。一九六六年開始文攻武衛，遊行批鬥，街上的店鋪只開半天，沒過多久，今天這家關，明天那家關，餘下的油辣雜貨鋪子，左瞧瞧右望望，也關了。可人一天也缺不了油鹽醬醋。於是，油辣雜貨鋪子又半掩半開了。

一九六七年夏天，我快滿五歲，只有玻璃櫃檯大半高。我站在油辣鋪櫃檯前，一邊遞錢，一邊眼巴巴等著醬油瓶子從櫃檯裡面遞出來，一邊瞅著機會看鋪子裡花花綠綠的東西，尤其是有著各種圖案色彩的火柴盒，依櫃檯右邊牆壁，一層層放得整整齊齊，你喜歡哪一盒就自取一盒，並不像其他鋪子用牛皮紙包好，放得遠遠的，得問店主要，才搆得著。

火柴盒上的圖案通常有工農兵大唱革命歌曲那樣，也有紅旗飄飄毛主席語錄那樣，還有「四川巴縣」的工廠田野也經常見到。可最邊上豎立著三盒火柴，舊舊的，全是動武的漫畫，有大拳頭還有小椰子樹，寫著「北京一定要解放臺灣」，和之前看到的圖案都不同。「臺灣，臺灣在哪裡？」我喃喃自語。

「那是福建邊上一個小島。」我旁邊站了個上了年紀的男人說。他提著竹籃，裡面白菜豆腐鹽紅辣椒，盛得滿滿的。

「福建遠嗎？」我問。

「好生拿著，好生拿著！」雜貨鋪子裡的女人遞我醬油瓶，「不要亂張嘴，小心打破瓶子。」

我明白自己惹人嫌了，捧著醬油瓶，便跨出門檻，因爲心裡緊張，幾乎跌倒，那個上了年紀的男人一把扶住我。

我站穩了，看看手裡沉沉的醬油瓶，還好，沒摔破。我把它捧著緊緊的，下意識往家的方向看，生怕回去遲了被罵，於是快步走。

「連聲謝謝都不知道說，眞老實。」背後是那男人的聲音。

「蔡老大，就你會這麼讚她。她沒有家教，婊子養的！」鋪子裡女人的話，我離得遠也聽得清。

又過了好多天，父親換泡菜罈子邊的水，往裡面加鹽時，發現鹽不夠，就讓我去油辣雜貨鋪子買一包。我走到中學街兩街匯合地方，發現蔡老大站在石階上。他臉腫腫的，眼睛發紅，明顯喝醉了酒，穿了件黑黑的布衫，有好幾處都打了補丁，針線不是太齊整。

我往石階上走。有個比我高一頭的女孩，站在石階上用腿攔著，不讓我走上去。我朝邊上走，她就跑到邊上攔著。我急得沒有辦法。那女孩把我紮小辮子的膠皮繩扯斷，使勁抓我的頭髮。

蔡老大走下來，那女孩害怕他一身酒氣，閃開了。

我趁機過去。

忽聽身後一聲大喝：「回來！」我嚇壞了，以爲是那女孩在叫，往石階走了好幾步才回頭。那女孩已走掉，是蔡老大向我點頭。我看了一眼，沒敢理。我也怕喝酒的人，大白天喝酒的人更可怕。

「過來。」蔡老大說，他從褲袋裡掏出一本小人書。

我走下石階，接過小人書。

我馬上蹲在石階上看，進入一個有血氣有熱量的新奇世界，連鬼也是善良的。剛看到小半，蔡老大說：「小姑娘，你回家再看吧。」他打了個呵欠，酒氣臭熏熏，是那種過夜的臭，跟陰溝裡的臭不太一樣。他傲慢地扭扭脖子，身體一歪一斜地往野貓溪方向走去。原來他並不住在中學街。

我好奇地跟上他，看著他拐過一個小巷，身影消失。我朝家走去。腳跨進房門，父親問：「你買的鹽呢？」

「我忘了。」

不知父親在說什麼，我飛快地跑到中學街。這條街轉瞬間人多嘴雜，油辣雜貨鋪前站了好些人，我只得排隊。

我想看完那本小人書，卻一直沒尋到機會。到了傍晚，我不敢開家裡的電燈，一直等到晚上路燈亮起。

我到院外小街上，那兒有盞昏黃的路燈。我掏出小人書繼續看。裡面鬼比人好，捨了自己救愛的人的命。

第二天，我藉故去油辣雜貨鋪，等蔡老大，他卻沒有來。這一天我未看到新的小人書，心神不定。一週後我在江邊碰見蔡老大，他背了個竹簍，在撿廢報紙、玻璃瓶和塑膠。我的好奇又上來了，便跟著他。最後，他走到收購站賣了八毛錢。

我把書還給他，他從褲袋裡摸出另一本小人書，說：「這是《水滸》，一共有二十一本，你看完一本，來換新的。」

我當然照辦，一本換一本，看了一個多月，我浸透在虛構世界中，忘掉周圍殘酷的社會，尤其當有人欺侮我時，我就想書裡人物會跑來為我抱不平，他們安慰著我受傷的心。還蔡老大最後一本時，他說：「少不看《水滸》，老不看《三國》，而你小小年紀，卻已經看《水滸》了。」

我問：「為啥事先不告訴我？」

「先告訴你，你就不敢看了。」

「那為啥呢？」

他不肯說，在我再三追問下，他才說：「等你長大，你就會懂我的話。」我經常琢磨蔡老大的話，一直長到十八歲，才有點懂。少不看《水滸》，是怕年紀輕輕，血氣方剛，打架造反；老不看《三國》，是擔心搞陰謀詭計，禍國殃民。

不知這是不是蔡老大的意思。我想找他問問，可他沒再來油辣雜貨鋪。我也問過鋪裡那女人，她不理我。我跑到野貓溪一帶上上下下的巷子裡，可是未能遇上他。如以前，我每次想知道他具體住在哪一條街哪一個房子裡時，悄悄跟著他走，卻總是弄丟他。他拐過一條巷子，上了一坡石階便不見了。或許，他就是小人書裡的一個人物，只能這麼解釋。

花癡

從我上小學開始，我們學校就跟整個國家步調一致，先去農村挖野菜吃憶苦思甜集體飯，讓農民現身講苦大仇深的故事；接著參觀一個個雕塑或圖片展覽，接受階級鬥爭教育。後來，經常去附近農村學農，修梯田。

學校那時事多，老有人寫反動標語，打倒偉大的人和偉大的組織。出現了反動標語，整個學校就得停課，查指使寫標語的背後黑手——現行反革命分子。有時查好久，直到把人抓走才了事。

我們沒正式上幾天課，連拼音都未學會，卻會參加革命了。風風火火上完小學，開始上初中，倒也安靜地上了好幾天課，可馬上又被送到工廠去學工，回來後，學習中央十三號文件，撿廢鋼鐵，要我們爲支援國家建設做貢獻。

我們這些學生先是把家裡有用沒用的鐵鍋鐵錘剪子交上去，後來沒交的了，就去江邊那些工廠倒垃圾的地方，翻找扔掉的鋼鐵邊角料、廢鋼鐵破碎機和破碎零件。

運氣好，可以撿到一兩斤；運氣不好，就什麼也撿不到。老師說，每個同學有定額，完成定額得一面紅旗，超額多得紅旗。完不成定額，得白旗。學期末評選五好學生寫鑒定好壞，以得紅旗白旗的多少而評定。

由此，撿廢鋼鐵成了我們這些學生生活中的一件大事。在垃圾堆時，我經常遇上一些小孩子，他們說完不成任務，那只能到廠裡去撿。

廢品收購站門前的小石橋上有一個全身髒兮兮的女人，站在那兒，像一尊雕像。每次我走到這一帶，就可能遇見她。有人說她是花癡。

她有一張女孩子的臉，永遠不老。可是我卻怕她。她的眼睛盯著人看，不轉眼，好像要把你魂勾走。

有一次我撿了廢螺絲和閥門去收購站賣，得了五毛錢，正在高興，花癡走到我眼前，一把抓住我的手。我想甩開她的髒手，可她的手有勁，我只能跟著。她朝橋洞下走，走到那兒，她扔下我的手就走掉了。

我弄不懂她是什麼意思。可是我馬上看到了發鏽的鐵塊和舊鋼板。蹲下身子來，一個勁地往簍裡裝。

我上到石橋來，她不在了。

後來好久也沒再遇上她。有人說，她遇上另一個髒人，是一個要飯的，這回兩人要結婚了。

母親知道了，感歎地說：「這下子好了，有人疼她了。」

一九七六年，毛主席死了，我們忙著做紙花，開追悼會。接著「四人幫」倒臺了，這是天大的喜事，我們那片地區每塊地都震動了，人們敲著鍋盆紛紛走出家門遊行慶祝。

我跟著學校的隊伍，加入數萬人的遊行大隊伍，繞著彈子石野貓溪一帶走了一大圈。這個世界究竟有何變化，我不懂，但是看到有的人是眞流著淚歡呼，知道是好事，大好事。我們隊伍朝中學街行進，那是大坡石階。正在這時，我看到花癡了，她下著石階，逆著我們走。那天陽光很好，照著她的臉，她的頭髮剪短，像個男孩。

我走出遊行隊伍，跟著她走了一段。她對我們的遊行一點反應都沒有，她走得專心專意。

後來我在小石橋上再看見她，她仍是髒髒的，看江呆呆的，看人勾著魂。我注意到她是一個人，身邊沒有母親說的疼她的那個男人。

幼兒園

在三八中學校後門有一幢很大的洋房花園別墅，那兒幾十年不變，不管當政者是誰，都是一個幼兒園。上小學前，我羨慕那些能進裡面上學的孩子，經常悄悄地從家裡跑到那兒門前張望，更是喜歡爬在高高院牆上，偷窺裡面孩子做遊戲、玩秋千和滑梯。聽著教室傳來手風琴和腳踏風琴、孩子們的清脆的歌聲，心裡就覺得舒服，有時他們在院子裡跳舞，我會跟著學。

幼兒園的院牆很大，可並不高，在與三八中連接的一段，全是石頭，很寬，足以在上面躺著。有一次我居然坐在石牆上，身子一橫，睡著了。被裡面的守門人發現了，把我狠狠地訓斥了一頓。「找死呀！哪家的孩子，這麼想進幼兒園！幹嘛不叫你大人來，辦一個手續就行了。」

「我們家窮。」我說。

「窮？」看門人沒想到，馬上閉嘴了。

可是一分鐘不到，他又像個凶神，「這兒看也罷了，多危險，摔下去就沒命了。找你大人來。」

「我媽在外做工，我父眼睛不好。」

看門人馬上閉嘴了。他放我走了，我走了好遠，他追出來對我說，「以後想看，就來找我吧。」

我沒有去找過看門人。上小學後，有時放學回家，我還要繞道經過那兒，不過只是在牆下聽聽那兒的手風琴和稚幼的孩子唱歌聲。

升上三年級時，班上轉來一個男生，天生捲曲頭髮，成績好，長得俊，馬上就當了班長。我喜歡上他，喜歡上早自習時看他的座位。有班長在，我這一天就很安心。可是我不敢和他說話，有他去的地方我不敢去。可我敢跟蹤他放學回家，他就住在那所幼兒園後面的山頂上。

有一週班長沒來，我不習慣，下學繞道去那幼兒園後面，希望能看見他。可是一次也未遇上。後來學校教室和廁所都發現反動標語，打倒最偉大的領袖和主席。

那天來了好多公安局的人，戒備森嚴。班長居然撒謊對老師說，前一天是我最後離開教室。

他們一大幫人把我帶到辦公室。幸好對筆跡，不是我幹的。要知道，一旦被清查出來是誰幹的，那個人連同家長都會被抓走。我可不想我的媽媽被他們抓走，也不想我的爸爸被他們抓走。

那天我哭了好久。從此再也不注意班長，也不看任何男生。現在想起來，對班長那分特殊的關切，是我人生最早萌發對異性的特殊感情。遺憾那麼快就消失掉了，沒有傷疤，正因爲沒傷疤，才覺得索然無味。也許，這也是我從此之後對同齡異性再也沒興趣的原因。

代課老師

她迷惑的眼睛黑又藍，發著光，看我時，像一滴滴柔軟的清水掛在眼眶裡，隨後，輕輕掉在臉頰上，流著浸入皮膚裡了。

我喜歡上她的音樂課。她不是正式老師，可是因爲正式老師休產假，一再延長假期，她也就一直給我們上課。

那個霧靄漸漸濃厚的上午，我坐在第二排裡，安靜地品嘗她的聲音，「do re mi fa so la si do.」我跟著哼唱，入神地看著她。

那天不知爲何，放學後同學們都飛快地走了，教室裡只剩下我，我孤獨地坐在那兒，不想回家，也不想呆在教室裡。她經過，看著我一會兒，然後問：「你要不要到我家裡玩一會？」

我點點頭。

她帶我回家。那可能是我見過最好的房子，在江邊糧食倉庫的左方，一幢洋房，臨江帶衛生間。她說是她父母留下的，交了一大半給國家，小半她和妹妹住。妹妹下鄉當知青，現在就她一個人住。她進屋子裡洗澡。我放下書包，拿起桌上的筆紙，想畫點什麼。我的手一陣顫抖，卻什麼也寫不出。她在浴缸裡，浴液的芳香混合她身體的氣味，向我襲來。

我朝浴室走去，大著膽子從未關嚴的門裡看，發現她整個身體在水裡，手中拿著一本書。

她看見我，點點頭，便大聲朗讀起來：

> 你難道認爲，我會留下來甘願做一個對你來說無足輕重的人？你以爲我是一架機器？——一架沒有感情的機器？能夠容忍別人把一口麵包從我嘴裡搶走，把一滴生命之水從我杯子裡潑掉？難道就因爲我一貧如洗、默默無聞、長相平庸、個子瘦小，就沒有靈魂，沒有心腸了？——你不是想錯了嗎？——我的心靈跟你一樣豐富，我的心胸跟你一樣充實！要是上帝賜予我一點姿色和充足的財富，我會使你同我現在一樣難分難捨，我不是根據習俗、常規，甚至也不是血肉之軀同你說話，而是我的靈魂同你的靈魂在對話，就彷彿我們兩人穿過墳墓，站在上帝腳下，彼此平等——本來就如此！

我靠在門上聽傻了，尤其是她朗讀得有聲有色，把我帶入一個懵懂神祕的世界。她問：「你喜歡嗎？」我仍在那個世界裡留連，她問第二遍時，我才發現。

我說：「你讀得眞好。」

她很高興，招手讓我進浴室。我問她：「老師，你讀的是什麼書？」

「是英國小說《簡愛》。剛才呀，我讀的是裡面女主人公簡愛對男主人公羅徹斯特先生最有激情的一段話。」她放下小說，「知道嗎，我給你讀的這一段，是我最喜歡的，我都可以背下來。」

看著我好奇的眼光，她說：「這個世界上沒有羅徹斯特先生，但是我要找他，哪怕走遍天涯海角，我也要找他那樣的人，嫁給他。」

我說：「我也要去找羅徹斯特先生。」

她大笑起來，然後抓了一條毛巾，擦身體，大方對著鏡子照，她的裸體眞美。我看得反倒不好意思，就掉轉臉。她在鏡子裡看見了，說：「看吧，沒事。」

我乾脆轉過身體，調皮地說：「看夠了，不看了。」

她穿上衣服，叫我把書包背上，說：「來，我送你回家，不然你家裡人會擔心的。」

又隔了一週，上音樂課，卻是原來的老師，長得肥肥的，胸前有奶印。那個我喜歡的代課老師從此再也未在學校露面。我去她的住所找過，可是沒有人。

從此音訊杳無。

十一歲時，四姊借到一本《簡愛》，我如獲至寶。趁她不在，我趴在閣樓的地板上看。看不懂的字，我查父親的詞典，弄清楚了裡面的故事。看完那小說，是一個清晨，我哭得很傷心，我真的想長大後嫁給羅徹斯特先生。四姊醒了，說：「你在幹什麼？」

我不理她。我想到了代課老師，想到我去她家的那個下午，她說話、洗澡的樣子。她就像一陣不可捉摸的風，一團解不開的雲，一個握不住的影子，一個夢中之夢，可惜，瞬間便消隱了。

四姊發現我手裡的書。「你偷看我的書，這還不是一個小姑娘能看的，再說你看了整整一夜，費了多少電費，看我不告訴媽媽。」

我說：「你告吧，不過在你看完之後。」

四姊開始看，帶到學校去，上課時放在課桌下面偷偷看。看完之後，她也哭得一場糊塗。她沒有告訴母親我費一夜電費的事。四姊說，她長大了，想嫁給羅徹斯特先生。

我心想，我也想嫁給他，我的代課老師也想嫁給他。這麼多人嫁給一個人，行嗎？我想問四姊，可是看到她那樣堅定的決心，我就打消了這個念頭。

鄰居周姊

周姊是獨生女，可是她母親是個愛嫉妒的人，丈夫多看女兒幾眼，她也不高興。周姊不到周歲時，就被送到外婆家養，養到她長大要去下鄉當知青了，才讓回家。

院子裡的人總是對周姊說：「你不是你媽親生的。」

周姊說：「不准你們這樣說我媽。」

後來，因爲是獨生女，當工人的父親一退休，她就從鄉下頂替回城。

周姊家本來有一個六號院子裡最大的房間，但是她母親不想與女兒一起住，就以大房換了兩個小小的房間，一間在後院，一間在我家閣樓邊上。所以，我打上小學後，早晚都能看見周姊。

「我看見了。」她的房門打開，她坐在地板上對我說，「還未結婚。」

「你在說什麼？」我問。

「他不會結婚的，即使結了婚也會離掉，我知道他。他有時是天使，更多的時候是人面獸心的魔鬼，爲此我很累，很疲倦，也很興奮。」她的眼睛眨個不停，像在貶掉什麼不喜歡的東西一樣，這是她最動人的時候。

我一派認眞地聽著。

「他三十二歲了，但愛他、爲他而狂的姑娘不計其數。他有揮霍不盡的感情，揮霍不盡的精力和時間。在經濟上，他一窮二白，可更顯得他的精神富有。錢是能用盡的啊！感情卻不能用盡。做人啊，得明白這一點！」

她的聲音低沉，從衣袋裡掏出一根香菸，點上火，吞雲吐霧。

她吸菸的樣子讓我好奇，身體有些扭著，捏著菸的一隻手舉得高高的。老女人老男人吸菸不新鮮，一個二十歲的姑娘吸菸，讓我左看右看，都覺得優美。

她把香菸遞向我：

「來，進來吧，嘗一口。」

我走進去，也坐在地板上，害怕地接過來。吸了一口，嗆得我咳起來。

我說：「這東西不好吃。」

「你太小，不懂。」周姊說。

「你叫什麼名字？」我問。

「素慧。你叫我周姊吧。」

有好幾個星期，早晚都聽得見周姊與她母親在爭吵。聲音低低的，聽見有人上樓梯便停住了。早上我上學時，她的房門緊閉著，傍晚我放學回家，她的房門鎖上一把鎖。

有一個星期天，我和母親在天井裡晾曬衣服，大廚房裡好幾個女人的頭神祕地聚在一起，她們悄悄地說著什麼，聽到有「素慧」兩字，我便用心聽。原來周姊不見了，說是跟一個什麼男人私奔了。她母親氣得要死，到處托人找，也找不到。

我覺得周姊真勇敢，心裡為她祝福：菩薩啊菩薩，你要保佑周姊幸福啊。她該得到幸福。

青萍

在這條街上，從來沒有與我一樣大的女孩，想和我認識一起玩。這天院子裡來了一個女孩，對我說：「能不能讓我看看你家鴿子？」

她說他們一家五口，從南岸下浩搬來九三巷好久了，爸爸在船上工作，媽媽在菸廠上班。家裡三個女孩，她是老二，十二歲了，叫青萍，姊姊叫青蓮，妹妹叫青英。站在我家閣樓裡，她並沒急著去看鴿子，而是看桌子上的小圓鏡。她把鏡上的幾點灰塵抹了抹，對著鏡子照起來。她眼睛是單眼皮，顴骨突出，看上去很成熟，不像十二歲，倒可看做十六七歲。

我指指天窗，上面有鴿子在嘰嘰咕咕叫。

她朝上看了一眼，說：「我可以上梯子嗎？」

我點點頭。

她爬上去，看了看，一分鐘不到就下來了。「你怎麼不愛講話。一條街上的小娃兒就你不肯說話。」

我說：「你就不是來看鴿子的。」

「對啊，我是來看你的。」

她說著躺在我家床上，馬上講起她的姊姊喜歡上一個男同學，在偷寫情書。那人不愛說話。他們一起過馬路時，他會拉著她姊姊的手。

「哇，」青萍說，「愛情，眞讓我瘋狂。」

她說得像一個談過戀愛的人。

我說：「你要是這樣在我班上，老師非給你一個警告不可，說你思想有問題。」

「我才不怕。」她悄悄地對我說，「我給你背我姊姊的情書吧：『我非常迷戀你的臉、手指以及沁在你皮膚表面的汗珠。我叫不出任何一個人的名字，這個人那個人都已消失。我再也想不起來，曾經有過這麼一段灼痛的感覺，幸福地窒息過我。這個人那個人我混淆不清。我只能繳械投降。我不要騙你騙自己，我就是要告訴你，我愛你。』」

她停止了。

我呆住，這比我的音樂代課老師都背得有感情，彷彿她自己在戀愛一樣。

青萍說：「我媽媽不會同意的。我姊姊馬上要高中畢業了，要下鄉，他們會去不同的農村。姊姊說，以後再遇到，就不知道是怎麼一回事了。」

我沒有見過她的姊姊，我讀過的外國小說裡都有愛情，知道一男一女相愛是

廣	告	回	信
板橋郵局登記證			
板橋廣字第83號			
免	貼	郵	票

235-62

新北市中和區中正路800號13樓之3

印刻文學生活雜誌出版有限公司　收

讀者服務部

姓名：＿＿＿＿＿＿＿＿＿＿ 性別：□男　□女

郵遞區號：＿＿＿＿＿＿＿＿

地址：＿＿＿＿＿＿＿＿＿＿＿＿＿＿＿＿

電話：（日）＿＿＿＿＿＿＿＿（夜）＿＿＿＿＿＿＿＿

傳真：＿＿＿＿＿＿＿＿

e-mail：＿＿＿＿＿＿＿＿＿＿＿＿＿＿＿＿

INK

INK PUBLISHING

讀者服務卡

您買的書是：____

生日：　　年　　月　　日

學歷：□國中　□高中　□大專　□研究所（含以上）

職業：□學生　□軍警公教　□服務業

□工　□商　□大衆傳播

□SOHO族　□學生　□其他 ______________

購書方式：□門市______書店　□網路書店　□親友贈送　□其他 ______

購書原因：□題材吸引　□價格實在　□力挺作者　□設計新穎

□就愛印刻　□其他 ______________（可複選）

購買日期：________年________月________日

你從哪裡得知本書：□書店　□報紙　□雜誌　□網路　□親友介紹

□DM傳單　□廣播　□電視　□其他

你對本書的評價：（請填代號　1.非常滿意　2.滿意　3.普通　4.不滿意）

書名______　內容______　封面設計______　版面設計______

讀完本書後您覺得：

1.□非常喜歡　2.□喜歡　3.□普通　4.□不喜歡　5.□非常不喜歡

您對於本書建議：

感謝您的惠顧，為了提供更好的服務，請填妥各欄資料，將讀者服務卡直接寄回或傳真本社，我們將隨時提供最新的出版、活動等相關訊息。

讀者服務專線：（02）2228-1626　讀者傳真專線：（02）2228-1598

好事，可還是不完全懂。我能感覺到一個人深深地注視一個人，想著一個人，不管他們離得近還是遠，他們的心在一起。我就這麼對青萍說了。

「哇，你不是木頭人，你懂愛情。」青萍閉上眼睛，聲音緩慢地說：「我感到自己的身體與心上人離得很近。那兒有白色的窗簾在拂動，薔薇爬上了花架。我在幻想，我眞的在幻想。」

我看著她，充滿了新奇。沒過一會兒，她翻了一下身，把手伸進自己的褲子裡摸著。她叫我：「你來躺下，來摸摸我這兒。」

我嚇了一跳，站在那兒沒動。

她不管，她摸著自己，身體蠕動起來，掙扎起來。

我見過大人們做這種事。我們這一帶的幾個大院子，解放前差不多都是有錢人家的房子，建造得很結實，堂屋都有雕花，可是時間久了，沒有維修，好些地方都破了，人住在裡面，只能湊合。若是你不經意，經過一些角落取東西時，就可看見屋裡人在做那性事。祖孫三代住一個屋，做那事，臉厚的，也就不怎遮掩。小孩子因此經見不鮮。可頭一回見同齡女孩做性事，且自己做，眞是讓我站也不是坐也不是。我只有逃，飛快地下樓去了。

沒過多久，青萍下樓來，對我斜視，歪了一下嘴。第二天早上，我背著書包上學，進校門時，我看見她。她也看見我，不過卻像完全不認識一樣。

男孩

夏季來臨，游泳和乘涼的，會使通向江岸窄小的石階變得擁擠。石階一邊是峭岩，一邊是建在山崖上的院牆，走在上面，感覺石階就像一架梯子垂吊在江水之中。夏季來臨，到處是大字報，揭發反革命，武鬥升級，被紅衛兵批鬥的人增多，自殺的人也增多。

抬死屍使江邊通向八號院子的長長的石階變得可怕。

我想去江邊，不得不繞著那路走。

夏天的江邊，對住在沒有浴室貧民窟的人來講，是天然的洗澡地。白天大太陽天就有游泳或洗澡的人。傍晚，人就更多，大人小孩子泡在江水裡，他們打水仗。不過漲水之後，沙灘淹沒，水也變黃，流速也快，基本是一些不怕死的少年人在游泳，江邊不會有太多的人。可是這天我和五哥在石階上看到貨船泊著的一段江邊擠滿人。我出於好奇，就朝那兒跑去。

夕陽餘光留下一層淡紅色在江兩岸，也投射在那些圍觀者的身上。他們在看什麼呢？我人小，不一會鑽進人群裡面，瞧得清楚。是一具屍體，臉和身子朝下，背對天，頭髮上有泥、掛著爛菜葉，五大三粗的身上只有一條短褲衩。不用說，是男人。

有人拍我的背，我嚇了一跳，原來是五哥。我倆靠得更近了，淹死的人趴在礁石上，渾身腫脹。有人把他翻了個轉：屍體翻著白眼，直瞪瞪盯著，樣子很恐怖。那人於是又把屍體翻回去，讓屍體趴著。五哥說：「這肯定是冤死的！男的死了，要四天才能從水底浮上來。」

「那女的呢？」我問。

五哥說：「女的要七天，臉會朝天。」

我對五哥說：「爸爸說過，男餓三，女餓七。」

五哥糾正：「那是餓死，不是淹死。」

那晚入睡，我夢見的就是那具屍體。他站起，朝我走來。我想拔腿跑。江水竟漲到家門口，伸腿可洗腳。五哥找到我，叫我和他一起往山頂逃。

我反倒停下來，坐在門檻上不想離開家，世界突然變得安靜，江水在腳下流淌，好多雲朵也浮在頭頂。早晨我醒來，跑出家門外去看江水，江水漲過呼歸石，超過纜車邊的石梯五十多步。

五哥十三歲那年在江邊救過一個玩水的男孩，他把男孩拖出水面，他們成為好朋友。

這個男孩，比五哥小兩歲，可個子和五哥一樣高。因爲他的存在，我與五哥在一起的時候少了。五哥生下來是兔唇，迷信說母親懷孩子時不能在家門上砍柴，否則會落到印跡。父親不信，在母親懷五哥時，用斧頭在家木檻上砍柴。結果母親生下一個嘴有豁口的五哥來。五哥長到一歲多，醫生給他做了縫合手術，手術差，他的嘴唇上留下一道深深的傷痕。他不喜歡說話，但他和那個男孩在一起就話多，哪怕是螞蟻下雨天回家，蜻蜓死後是否變成人或牛，他們都要說上好一會兒。

我家院門外有塊空地，空地外的小山坡上有些小樹林。有兩棵樹靠得近，用繩套在中間，拴兩根，便可當秋千盪。我們三個排隊盪，輪到我，膽戰心驚坐上去，抓緊繩子，他們推我，盪得高高的。

下地了，灰黑的天空還在眼前晃。

我們三人捉迷藏。我和五哥躲在房子間的一個溝洞裡，讓男孩找。房主人聽見聲音，邊罵邊出屋。我們一夥人從溝裡爬上來，趕快溜，怕被人認出是誰家孩子，就直接在路沿邊的房瓦上跑，踩得瓦片碎響。

最近一段時間，貓死得多，人也患乾咳病。父親沒有從報紙上讀到這些消息，這些消息全是那些走街串戶的剃頭匠磨刀師傅告訴的，讓大家多加注意。大家說，對呀，難怪我們這兒每隔一兩天貓就死一隻。你看，我吃了藥，咳嗽也不好，原來如此！

因爲害怕傳染，學校全放假。過了一週我就厭了。我喜歡看五哥在用過的作業本背面畫畫。五哥趴在桌上。我搖他，問：「是不是累了？」

五哥醒過神來似的，說：「不不。」

那個悶熱的上午，我發現五哥臉上眼圈更黑。我看著五哥把畫上的圖案撕下來，揉得皺巴巴的，捏在手裡，走上天井裡，拋向空中，一股風把紙團帶走。有個人在院門外叫，聲音很像五哥的那個好朋友男孩。我聽到了，看五哥，五哥在看我，明顯他也聽到了，卻裝著不當一回事。我故意轉了一下身，五哥便像一支箭朝院門外射去。等我跑出去，已沒了他的身影。

我找了好幾個他和男孩經常玩的地方，都沒找到。弄得我一身是汗，便到院子後面的水溪去洗洗，那兒有一塊洗衣石板。三步遠處有一個木柵欄，欄外是一個幾乎垂直的大斜坡，長著青苔，水沖下去，像瀑布，人若掉下，命就沒了。

我把鞋脫掉，抓在手裡，突然發現五哥站在身邊，抬起頭來，不是他，一個路人，等著我讓出地來洗腳。

我沒有動，路人暴躁地吼我。我急了，對他叫：「我有病，離我遠點。」

這話真靈，那人一溜煙跑沒影了。

洗完腳，穿上鞋子，我沒朝家的方向走，而是直接下了去江邊的石階。又有好多的人圍著什麼。我跑下石階，又鑽過纜車的橋洞，往貨輪泊著的江岸走去。有幾個穿安全服的人在打撈一個淹死的人。

沒一會兒，他們把那個個子並不大的少年放下地來。我不敢靠近他們，一種從未有過的害怕控制住我。我掉頭就走。走上石階，這時，五哥從後面緊跟而上。我一把抓住他的手，謝天謝地，那少年不是五哥。可五哥的眼睛紅紅的。一問才知道，原來淹死的孩子是那個經常與他一起玩耍的男孩。

「你聽見他在叫你？」我問他。

「那是一個信號，知道嗎？」五哥神祕地說：「你不會懂的，這是我與他之間才懂的事。」

「所以你渴望。」陌生女人說，「根本沒有幸福，像愛情，從我們來到這個世上，就知道這一點。」

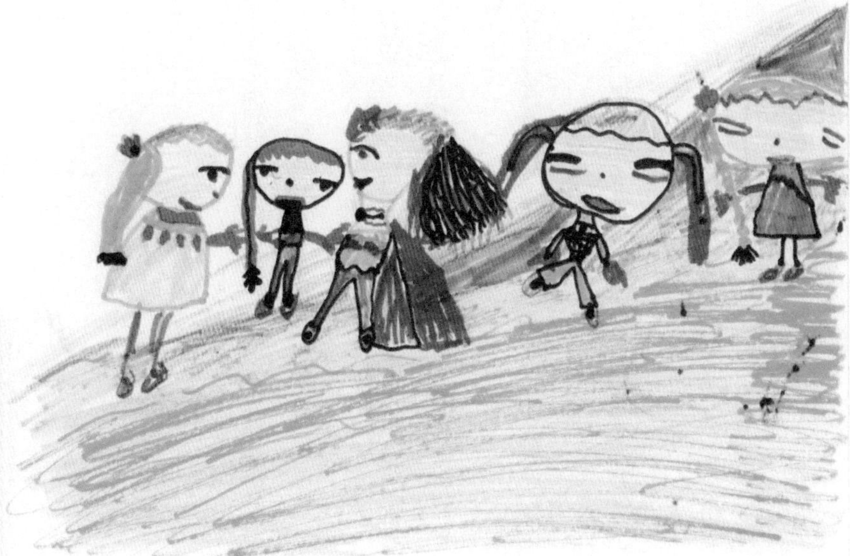

後院

六號院子有十三戶人家，整個院子依山勢而建，前院是一層，帶天井和兩個廚房，住了十戶；後院是底層，雖從大廚房旁的樓梯下去，但也是朝陽的，那兒有三戶，還有一個小廚房。

後院靠裡的一間住了對中年夫婦，稍稍受了幾天筆墨教育，很清高，與院子裡其他鄰居不來往。他們上下班準時，吃了飯就是兩人打紙牌，也看古典小說，然後睡覺。

有一天兩人打牌，吵架。吵得樓上邊上鄰居都聽見了。當晚兩人同室分床而睡。

女人在紡織廠上班。那天下班很早，她借了梯子，包了頭布，把牆漆上綠色。

牆上有面小鏡子。掃視著鏡子中的自己，女人對貧苦的生活膩透了。她知道，這種生活再也不會出現奇蹟，這種生活就是這種生活。

她接著幹活，直到深夜才收工。男人在床鋪邊打了地鋪，已熟睡。她洗了臉、腳，上床翻來覆去睡不著。她可以在古典小說裡宣洩，彌補在現實中的缺憾，她厭惡自己。小說中的那些狐狸鬼妖，可以有愛情，終歸有情人終成眷屬，有安寧的生活。可小說看完，她還是那個清早得去紗廠上班的女工，丈夫還是得上船當船員。

她無法主宰自己的生活，她決定，要麼全部棄之；要麼，逃離現實，走入另一個世界。她下床，躺到丈夫身邊，想搖醒他。

她不能夠，她退回自己的床。

他翻身，打著呼嚕，沒多久說起夢話：「你這個女人……」她想要聽他心裡在想什麼，便接他的話，「我這個女人怎麼啦？」

他一聽，就說開了，說和她在一起的點點滴滴，說他情願要一個婊子也不想要她。他說他們曾經有過孩子，後來她小產了，那孩子不是他的。他說女人在沒認識時是天使，認識之後便是魔鬼。他說了整整一夜。

她嚇壞了，原來自己在他心裡是如此面目。她撕自己的睡衣，扯被面。

他還是睡得跟豬一樣實。

從那之後，她開始抽菸，抽得很厲害。

有天她到江邊礁石上透透氣。沒一會，來了一個陌生女人，下巴有顆痣，向她要了一根菸，兩人抽起來。她問：「你抽了多長時間了？」

陌生女人說：「我戒菸好多年，家裡那個男人一看見我抽菸，就臉色發青，手直抖。可是看到你坐在這兒抽菸，我菸癮又發了。」

她狠狠地吸了一口氣煙。陌生女人問：「怎麼啦？」

她吐出煙霧，沒說話，過了好一會兒，才堅定地說：「我要去尋找幸福！」

「幸福？何謂幸福？」陌生女人問。

「父親、母親，包括我的丈夫，都沒人給過我，我也未給過他們。」

「所以你渴望。」陌生女人說，「根本沒有幸福，像愛情，從我們來到這個世上，就知道這一點。說它有，不過是漂亮的裝飾，自欺欺人罷了。」

陌生女人說完，伸手輕輕地拍拍她的背，然後默默地離開。當她回頭望，那女人已在山腰上變成一個小黑點，漸漸消失在她視線裡。

小三妹

池塘邊的草，風吹過，便偏向一邊，帶動池塘中的水，泛起一輪輪漣漪。

小三妹穿一件紅毛衣，正在樹下拾熟透了掉在地上的紅果子。樹不高，但果實纍纍，可是不能吃，吃起來像豆腐渣，酸得可怕。

馮姨去上公共廁所，經過那坡地，無意之中回頭，發現小三妹在樹下。等她上完廁所，原路返回，還沒花上十分鐘，就發現女兒小三妹已不在樹下，也不在池塘邊。她急忙奔到池塘邊，池塘波紋閃耀，晃動的光線裡彷彿有兩隻小手在亂抓在掙扎。

馮姨想也不想，便跳進池塘，撈啊撈，什麼也沒有，什麼也沒有。樹上的紅果子直往塘中掉。她的身體漂浮在水面。

「小三妹，你在哪裡？」馮姨的聲音在風中傳得很遠。她覺得自己托著女兒走上了池塘。她和女兒一起倒在紅果子樹下。樹上的紅果子還在掉。一些在水裡，一些在她們身上。水中的紅果子似乎很空、很輕，漂浮在水上，像小汽球。她伸過手抓起一顆，咬了一口，才知紅果子很甜，人們以前說這紅果子難吃，原來是假的。

壓在她身上的紅果子很沉很重，像鉛一般。紅果子越堆越高，越堆越重，如一座山壓著她。她拾起一個又一個向池塘裡擲去，濺起的水花，發出一種令人噁心嘔吐的氣味。

小三妹到底是怎麼死的？這是個至今也未解開的謎。或許她根本就沒死，不過在那一刻失蹤了，離開了馮姨和丈夫。馮姨不明白這是怎麼一回事。

女兒的到來、離去，頻頻閃現在馮姨的腦海裡，這像一個夢！但又不是一個夢，不過是她生命中遇見的許多稀奇古怪、又無法詮釋的事中的一件而已。

馮姨老得很快，說話遲鈍，走路老態龍鍾。沒辦法，她遇見不認識的人，就講小三妹死的事。然後她抬起頭來，凝視天井上方碧藍無雲的天空，如同重新凝視那過去了的一切。

在小三妹失蹤後，馮姨夫妻倆在六號院子又住了兩年，也就是在我進小學那年，他們搬走了。

梅與菊

兩個女孩都是八歲，一個叫梅，一個叫菊，都是獨生女。在同一個幼兒園認識，上到小學二年級都未眞正生過對方一次氣。她們很要好，天天結伴而行。梅與母親住在野貓溪小學邊上的那條街，父親在長江上游的宜賓駁船上當水手。以前，都是他回重慶家來過探親假，這年暑假他讓母女倆一起來宜賓探親。看著菊依依不捨的樣子，梅拉住母親的手，非要帶上菊，一起去看父親。

經過一番折騰，梅的母親帶兩個女孩順江而上，坐船到了宜賓。

那是個炎熱的夏天，江水裡游泳的人很多。梅的母親守著菊，看著丈夫教女兒游泳。梅學得很快，本來就會大半，有父親當教練，學得很認眞，不管蛙泳仰泳，都學會了。

他們住在離江邊不遠的小旅館裡，走一刻鐘路可到梅的父親駁船停泊的江邊去。趁著大人午睡，梅和菊牽著手來到江邊，在沙灘上走，浪花打著她們的裙子。梅說：「游泳不是那麼可怕的事，只要用心學，就會游的。」

「眞的嗎？」菊說：「那你當我的老師吧。」

於是，梅教菊游泳。

沙灘柔軟，水波一浪一浪湧來。天上的雲朵移近。菊學得很快，會游蛙泳一小段了。兩人並排在淺水區游，梅膽子小，不肯游到深水區，也不要菊游到深水區。

好幾天兩個女孩都是如此。

這天下午，梅的父親陪著兩個小女孩到江邊。可是他剛下水，就遇上了朋友，把他叫到岸上，兩人抽菸，敘起舊來。

梅教菊游仰泳，菊學得認眞，跟在梅身後游成一條小魚了。兩個女孩子很高興，一時竟到了深水處。就是這時，她們聽見梅的父親在叫嚷什麼，女孩們聽不清，一看他那樣焦急，才發現自己在深水區，她們慌了神。梅很快就朝岸上游去，菊因爲緊張忘了怎麼游，她手腳亂蹬，身體直往水下沉。梅掉頭朝她游去，她的父親也撲進水裡，朝菊奔去。

菊被救起來，放在沙灘上。梅的父親給她倒水，做口對口的救治，捶她的胸口，她就是不吐出水來，臉蒼白，嘴唇發紫。

菊的屍體運回重慶來。菊的父母抱著女兒的屍體哭得死去活來。他們恨梅，更恨梅的父親。梅每天去看菊的父母，他們不理她。

梅每天放學都去菊的家裡，一直上完小學，上完初中，進了高中，都未停止過。這一天梅肚子痛，送進醫院，是急性闌尾炎，要開刀。菊的父母這天沒有見到梅，兩人慌張起來。他們到梅的家裡打聽，聽說梅住院了，跑到醫院來。

原來他們已習慣了梅每天去他們家。這是打菊走之後，他們第一次和梅說話，在心裡，他們已習慣了她的存在。

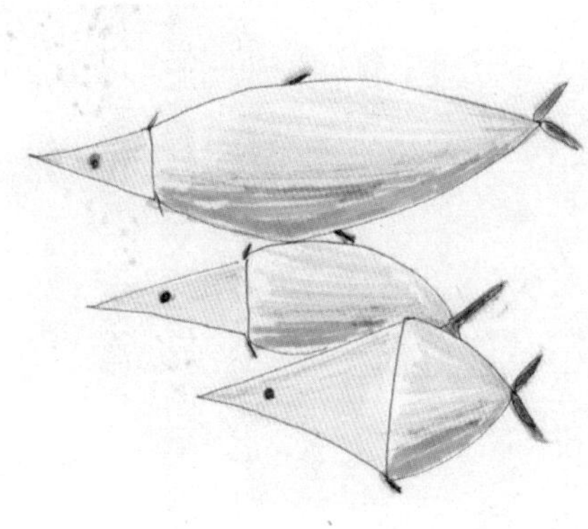

李二嫂

我家隔壁鄰居李二嫂是個大嗓門，雖是一牆相隔，她家發生的一切，全聽得清清楚楚。李二嫂原在漢口一個小餐館當服務員。丈夫李二的腿尚好、能走船時，路經漢口進餐館吃飯時認識了她。等到船駛向上海，又從上海往重慶開，經過漢口時，李二向她求婚，她想了想，就答應李二，做他老婆。

李二後來腿受了傷，就調在長航局做收發。

兩人本沒有多少感情，這樣天天待在一起，反而生出感情。李二說，老婆你的手嫩如筍尖好看，你得好好愛惜。

李二嫂聽從丈夫的話，洗碗也戴上了手套，早晚擦友誼雪花膏，手指尖是重點，甚至一條小小的縫都不忽略，養出一種天然的健康白皙細長的手指。

房間裡點了盞小檯燈，李二嫂坐在床邊織毛衣，丈夫取掉她手裡的東西，把她推到了床上。他親吻她的手指，把臉貼在上面，嘴裡含含糊糊喊著一連串小貓小狗的詞兒。

他抱著她翻了一個圈，她在他上面。她扭著頭去親吻他的腿。他激動起來，重新把她壓在身下。她的手抓他的肩和腿，他緊閉雙眼，發出呵呵的叫聲。

終於他做完了，從她身上下來，喘著氣說：「這次眞舒服。」他從桌上取了鏡子來照背上一條條血紅的爪印。

她沒吱聲，心想，這算是做哪事？

他在刷牙，水管裡的水嘩啦啦地響著。街上幾乎聽不到人聲喧鬧，都待在茶館改的居委會活動中心看日本電視連續劇《望鄉》。

「你以後不用做任何事了。」他拉上被子，打著呵欠說，「我要好好養著你這雙手。」不一會，房間裡便響起他的鼾聲。

她的視線裡有一個小黑點，牽引著她，最後停在白白的天花板上。她躺著，一顆顆鈕扣慢慢解開。她開始撫摸自己的乳房，把手伸入雙腿之間。

但是她的手發燙而笨拙，她沒法達到高潮。於是，她悻悻地站起來，走到桌邊，從抽屜裡拿出剪刀，要剪掉這些使她恨恨不已的手指。鐵器的涼意使她突然清醒過來。「眞該死。」她罵了一聲，小心放下剪刀，回到床上。

科長大人

在九三巷和中學街，官做得最大的人，就是八號院子的謝科長。他本在港務局下面的一個科室裡做小打雜。突然有一天局裡傳達了毛澤東的指示：「凡是知識份子成堆的地方，不論是學校，還是別的單位，都應有工人、解放軍開進去，打破知識份子獨霸的一統天下，佔領那些大大小小的獨立王國。」

他一直做跑腿的，被人差來使去不開心，一看這是機會，就馬上報名參加工宣隊，被局領導批准了。他和工宣隊進駐一所大學，帶人到每位教師家裡搜查「封資修」的東西，並且把學校圖書室保存的線裝古書說成是封建社會殘渣餘孽，全部清出，送去造紙廠當紙漿銷毀。這麼賣力工作，他得到了提拔，升成工宣隊副隊長。等他回局裡時，他便升成科長管材料。官是我們這片地區最大的，雖在單位裡不算大，但權力很大。很多人想弄材料，都會求他。他接的禮品和得的好處不少。

人一旦走運，走在石板地上，也跟走在搖晃的跳板上一樣輕飄飄的。

江邊有一個老頭在賣菜刀。買的人不少。

他湊熱鬧也買了一把，回家在菜板上試，刀鋒利得發出一道寒光，他覺得有點驚心。翻出一張牛皮紙包好菜刀，放在床下。夜裡作夢總夢見這刀向他靠近，搞得他半夜起來，將刀移到碗櫥裡。清晨起床，頭一件事是在屋子四下溜一圈，直到把刀壓在廚房邊裝煤球的筐子底下，才鬆了一口氣。

又是一天，謝科長下了船，走完長長的沙灘，抄近路走過纜車道，再上大坡長長的石階，就是八號院子。

「謝科長呀，今天回來得眞早！」鄰居笑嘻嘻和他打招呼。似笑非笑的神態好像在嘲諷。快步上石階使他的心跳急促，此時跳得更厲害了。

妻子上夜班，現在在家休息，房門關著。他輕輕閃進廚房，彎下身去，從裝煤球的筐子下抽出那把菜刀。他扔掉包裝的牛皮紙，刀兩面塗了一層黃亮的保護油，刃上反射著逼人的凶光。他提著刀，像個影子慢慢靠近房門。

門上幾乎找不到一條縫，但在離門不到一米的木板牆上有個小裂口，他蹲下高大的身子，對著縫往裡瞧。過了好一陣，他被陽光迷糊的眼才看清。

窗簾的透光像一支畫筆勾勒出房內兩個人的身體：光裸的乳房與嘴部在黑暗中微微反光，結實的大腿，在他跟前如鰻魚那樣起伏、有力。他的心咔嚓一下裂成幾瓣。裡面的叫聲有意壓低似的，時不時停住，時不時哼哼。他緊貼著牆的身體穿過一種熟悉的顫抖，致命的顫抖。手裡緊握的尖尖的菜刀卻在慫恿他撲向他們。汗珠從臉上沁出，背心開始濕膩膩地貼在背上，他拿不準是否應衝進房，那種被人在床上抓住的滋味他嘗過，而且是同屋裡那個女人。他看不清她的臉，但他知道她的嘴一定半張開：雙眼微微閉著，像當年躺在他的懷裡一樣，他置黨籍、官帽不顧，被她迷住。結果跟她結了婚，卻落到現在這個地步。他知道這個女人的魅力。他的牙齒銼得吱吱響，他感到手中的刀自己舉起來了。

「哐當」一聲，那把菜刀掉在地上，房內傳來妻子一聲驚叫：「誰呀？」

他猛地衝出了廚房，奔下去渡口的石梯，眼裡噙著淚水。黃昏的渡口，正下著剛到岸的乘客。他轉過身，用背對著他們，從衣袋裡掏出一支菸。顫抖的手幾乎擋不住河灘上的風，但他還是點上了火。

小小姑娘

科長大人

雞湯的誘惑

楊媽正在洗碗，眼偷偷斜過去，看到灶前的李二嫂把雞湯盛入碗裡。斬成塊的烏腳雞，周圍漂了一層黃津津的油，還有幾片當歸露在湯中。李二嫂蓋上砂罐蓋子，剛剛邁出廚房的門檻，邊上有人輕輕一句：「成天關到屋裡頭，也不曉得做啥子事？」

「啥子事？貓兒狗兒做的事嘛！嘻嘻。」婆娘們一陣哄堂大笑。

楊媽聽不慣這些髒話，臉有點發紅。她取下圍裙，掛在碗櫃旁的鐵釘上，回了自己房間。木板牆那邊李二嫂故意大聲嚷：「怪糟糟的，每回燉湯，不是雞腿不在了，就是湯淡稀稀的。遇到了，好有臉說，我幫你攪一攪，湯才能出味道。那天弄的鴿子枸杞，煮了半天，鍋裡只有丁點兒湯。氣死人了。」

楊媽鼻子裡哼一聲：「你龜兒念啥子經，你男人有本事，錢都花在吃魚吃肉上了，顯啥子相。」她看不慣李二嫂，特別是李二嫂背地裡指桑罵槐的潑婦樣子。大廚房裡人多，煤球、柴火、油鹽醬醋丟失是常事，有什麼辦法呢，供一個灶神菩薩嘛。她靠撫恤金過日子，不要說吃魚吃雞，吃點肉她也只往兒子碗裡挾。

楊媽一看時間兩點了，忙叫在堂屋下軍棋的兩個兒子去上學。他們走了之後，她去廚房端了一盆水，她有一種被人盯著的感覺，這使她極不舒服，鞋也未脫就翻身上了床，她想打個盹。扯了件衣服蓋在腳前，便迷迷糊糊睡覺了。

「要得。早點去早點回來，別忘了買個蛋糕，孝敬孝敬。」像是李二嫂的男人在說。

楊媽睜開眼睛，李二嫂穿了件印花布衫，頭髮梳得光光滑滑的，一扭一扭地從她門前經過。看來是給老娘拜壽去了。「生不出娃兒的婆娘，腰就是細。」她揉了揉眼睛，想到老大老二快放學了，起身準備晚飯。不知是過了做飯時間還是太早，廚房裡冷冷清清的。

楊媽嫌光線太暗，便拉亮了電燈。她將米淘了，蒸上，然後坐在矮凳上理空心菜，肚子咕咕叫起來。從她身後飄來雞湯的香味，她咽了咽清口水，終於拿起一個碗和勺，朝微火燉著的雞湯走去。

湯實在太燙，楊媽吹了吹，喝了一小口，雞湯有股奇怪的香味，她美美地舒了一口氣，卻聽見身後有個聲音在說「喝得好，喝得好」，她轉過身，卻是李二嫂的男人。

她嚇得幾乎嗆住，他卻神情和氣極了，「像你這麼好看的女人才配喝。」

楊媽臉不再紅了。李二嫂的男人有隻腿不是太方便，長得魁梧，脾氣好，從未見他打罵老婆，與院裡其他男人是有些不同。楊媽弄不清楚自己怎麼坐在了李二嫂家的桌子前。

「隨便點兒，菜吃不完，倒了可惜。」李二嫂的男人不停地說。

桌上除了一大碗雞湯，還有許多菜，她不安地坐在那兒，碗裡是李二嫂的男人給她挾的一對鵪鶉蛋，亮晶晶，香噴噴，辣透了心。一口酒下肚，人便活些了，周身漸漸熱了，燙了。

「女人吃了鵪鶉蛋就不一樣！」李二嫂的男人柔和的目光，在楊媽看來，像她自己的丈夫。她想躲開，可周身的欲火緊緊地包裹著她，她想動，但動不了。

直到李二嫂的男人在她身上做完事，楊媽才起身穿好褲子。

她往自己家走去。

那天晚上，楊媽在洗臉架前洗臉，漱口，用了比平日多一倍的時間，像要把什麼東西洗掉似的。隔壁房間裡傳來李二嫂進門與男人打招呼的聲音。

楊媽回過頭看了一眼兩個熟睡的兒子，心想像自己這樣的女人，還是守著自己鍋裡的好。她脫下鞋，一雙腳伸進盆裡，水卻早已涼了。

小小姑娘

雞湯的誘惑

私情

又到梅雨時節，後院小天井下掛著一條條雨線，房內幾個大小不一的盆接著雨水。妞妞媽幾次找房產科，都未解決。她把床挪了挪，避開漏水的地方。樓板被敲得梆梆響，她跺了跺腳，「鬧什麼，天在下雨！」樓下的女人離了婚，進出都是男人，名義上都是親戚或是老同學。

妞妞的爸爸出差前還叮囑：「妞妞十六了，學習重要，得多留心照管。」她當然明白丈夫的另一層意思：少跟樓下女人接觸，怕女兒學壞了。

「爸爸還不回來。」妞妞坐在燈下做作業，咕噥著。

「就這兩天回來，不是告訴了你嗎？」她將盆裡的雨水倒入木桶，提出房門。

本想提到大廚房的水洞倒掉，可是心裡對樓下女人就是好奇，她故意繞道，下樓倒水。她不喜歡街坊鄰居間吵架，也怨自己無能搬出這兒。

才七點不到，樓下女人的門已緊緊閉著。妞妞媽皺了一下眉頭，將一桶水倒入後院小天井的水洞。待她重新踏上樓梯時，樓下房間裡隱隱約約有音樂聲。

她停在樓梯口，聽了一會兒，像是舞曲。

夜裡妞妞媽和女兒睡在一起，怎麼睡也睡不著。她沒有開燈，怕影響女兒休息。床那頭天花板的滴水聲，漸漸輕了些。

樓下不時有東西翻倒的響動，她罵自己沉不住氣，總在猜測那響動的原因。天剛亮，妞妞媽便醒來了，去給女兒買早點。本來是朝大廚房走去，結果下了樓梯，她想起這一夜的折騰、不安，心裡來氣，便貼著門縫往裡瞧：黑乎乎，看不見，卻覺得有種怪味。

「煤氣！」她意識到這兩個字時，一下扔了籃子和雨傘，用全身力氣撞門。幸好門框不正，彈簧鎖被她頂開，她衝了進去。一股煤氣味撲了過來，她用手捂住鼻子和嘴。床上並排躺著兩個人，沒蓋被子，衣服穿得整整齊齊。她奔過去，突然像見鬼一樣縮了回來。房間收拾得很乾淨，連接小廚房的門敞開著，原來煤氣味從那兒湧來。她轉過身去，快步離開這房間。把門重新鎖上時，她再次朝床看了一眼：床上兩個人的手緊緊握在一起，她的丈夫一臉安詳。

屋子裡沒有放音樂的東西，奇怪，自己怎麼會聽見音樂，而且居然能聽出是舞曲！

妞妞媽一步步爬上樓梯，回到自己的房間，她手掩著臉，全身一直在發抖。而窗外依然細雨濛濛。

我不要死，我要出生那天的雲和風，
那天的河水湍急地拍擊著岩石。

父親的生日

父親是一九一七年六月一日出生，是兒童節，父親從未吭過聲，也沒有人告訴過我。

母親長年在外做體力工作，患眼疾的父親不能在船上工作，他回到家後，把母親的角色接過來。家裡的正房好冷，房間有時白天也需要點燈才看得見。父親給我穿衣服，那種背帶褲，是哥哥姊姊穿過的，扣子眼小，父親要來回試好幾次才能把扣子扣上。我那時三歲多，記憶中，父親站立床前，我把手搭在父親的肩上，他給我穿好衣後，教我穿繫帶子的鞋子。

我下床來，穿上鞋，可是怎麼也繫不好帶子。他又示範一次。

我做到了，他朝我伸出大拇指。

三八中學堂的鐘聲響起來，有節奏地響著，我聽得見窗外上學的孩子急促的奔跑聲。「爸爸，我什麼時候上學？」我問。

他說：「沒有多久了。」

「我是不是三歲多？」

他點點頭。

重慶夏天炎熱難熬，稍不留意，剩下的稀飯會餿。父親捨不得扔掉，就拿來發饅頭發玉米糕。他洗淨鐵鍋，倒入一碗水，把和好的玉米粉用手拍成薄薄的圓餅，沿鍋壁一一攤好，蓋上蓋子。他守在灶前，騰騰熱氣冒出鍋蓋後，他傾斜鍋，每隔一分鐘順時針轉動一次。直到鍋底水乾掉，父親才用鍋鏟翻面。

果眞如他所說，三年多的時間，對我來說，眞沒覺得有多久，終於背上書包上學了。一年級，我過了第一個兒童節，和全班同學一起被老師帶去革命烈士墓前受教育。

小學二年級，兒童節這天，正巧二姊在家，她說：「今天也是爸爸的生日。」

「爸爸，我們要不要過生日呀？」我問。

父親搖搖頭，就到廚房去了。

想到這天是父親的生日。我就到學校後山去，扯了一束野薔薇花，下下山坡來。那裡有戶人家，養了一隻很凶的大黃狗，跟著我追。我把吃奶的力氣都使出，還是跑不過牠。面對朝我撲來的大黃狗，我一下子蹲在地上，沒站穩，跌在地上，腿頓時劃破皮，流出血來。那大黃狗圍著我打轉，我只好閉上眼睛尖叫。

我的叫聲引來狗的主人。他喝住大黃狗，把它趕進屋裡，關起來。沒一會他拿來水和碘酒給我擦洗傷口。

我試著站起來，腿直打顫，又痛又麻，不能走路。他說，「你只是擦傷，過幾天就好了。」

我放下心來，朝前走，果然還能走。

回到家，我把野薔薇遞給父親，對他說：「你生日。」我沒祝他生日快樂，但我的意思他馬上明白了。半個小時後，他叫上我，帶我上八號院子前的石階坐著。他第一次告訴我，他開過的船像什麼樣。江上正在行駛的一艘拖輪，後面跟著一個貨輪。他手舉了起來，對著江面點了點說：「跟我以前開的船差不多。」

我朝那艘拖輪看，想像父親在上面的情景，他在駕駛室，我坐他的邊上。這時父親說，「本以爲你三哥可以接我的班，在長江上開船，當一個船長，誰料他會被送到農村去，當知青。」他歎了一口氣。

長這麼大，我與父親說過的話，整個加起來，也沒有那一天的多。想來我那束獻給父親生日的野薔薇，觸動了父親的心。

小小姑娘

父親的生日

害怕成爲一個大女人

在大飢荒年接近尾聲時出生的我，臉無血色，頭髮尤其泛黃，渾身瘦骨嶙峋。可是八九歲時，乳房不顧一切地生長起來，先像花骨朵（花蕾）一樣，我覺得奇怪，一按隱隱有痛感，沒隔多久，色澤便變得鮮紅，又沒隔多久，那花骨朵就像蒸籠裡的米糕發起來，要撐破衣服似地，弄得我非常害怕，不敢告訴母親。我偷偷用布條把胸口一層層裹起，緊得透不過氣。

一人到長江邊時，我才悄悄將束胸的布條解開，使勁呼吸。迎面吹來的風，含著沙子撲打在我的臉上，冷而粗糙，毫無色彩。

江水浩渺，混濁，飄滿垃圾，靜靜地流淌。

有天傍晚，吃過飯，只有母親二姊和我三人還坐在桌子前。母親問我：「爲何彎著背？」

我挺起了胸。二姊在一旁說：「她呀，還用布條把胸纏起來，以爲我不知。」

我嚇了一跳，母親更是嚇了一跳，「趕快解開布條，你找死呀。」

沒法，我只得當著她們的面脫了衣服，把纏在胸上的布條取了。

「要是乳房長不大，你以後就麻煩了。」母親說。

「我害怕。」

「害怕什麼？」

「害怕成爲一個大女人。」這是我的原話。

「女人大了怎麼啦？」二姊插話。

「可憐！」我的話嚇了母親和二姊一跳。

「女人是生養小孩的機器，女人在家裡當不了家，還在外頭做重活。可也有女人例外。」二姊笑了一下說：「莫非你想當男人。當男人就不能要乳房。」

我點點頭。

母親看了我一看，說：「想當男人也沒那麼容易，到時男不男、女不女，活起來更難。」

「你是說後街上那個陰陽人？」我馬上問母親。

母親說：「那是生下來如此，是病。讓人好同情。」

「爲什麼呢？」

母親歎口氣說：「長大你便明白了。」

以後母親經常檢查我是否再用布條纏住胸部，她很少關心我，卻對我的乳房這麼在意，反倒讓我覺得母親是另有原因。什麼原因，我不得知。那時我一心想著母親是不愛我的，我叛逆她，一心和她對著幹。

有一天六號院子的翁媽媽住院生病了，說是乳房有病，被切除。出院後，我看著翁媽媽沒有乳房的平平的胸部，整個人是那麼不快活。丈夫經常喝酒。沒過多久，她一個在家吃老鼠藥自殺了。

看著她家兩個女兒傷心欲絕地哭，我有點懂了，母親爲何那麼在乎我的乳房的生長。那時我上初三，看的書多了，有本書裡說，古代那些英雄男子漢最愛兩件事：一是騎在馬背上；二是躺在女人的乳房上。

沒多久我來例假了，漸漸明白男女之事。我喜歡照鏡子，閣樓裡無人時，對著鏡子，我撩起衣服來看自己的乳房，像兩個小小的茶碗蓋，乳頭紅紅的，更是好看。手摸在上面有快感，臉會不由自主地紅。

可能是由於常有那種快感和撫摸，我的乳房比三個姊姊都長得大。有一次我睡著了，聽著她們聊天說，嘿，六妹的乳房長得跟媽媽的一樣，比我們大。她們說著笑了起來。

十八歲時因爲愛上了人，才明白乳房對一個女人意味著什麼，感覺那是女人整個身體曲線之美的靈魂。沒了乳房，女性身體，總是處於孤單無助，彷彿沒有歸宿。

事隔多少年，仍然記得，那個愛我的人第一眼看到我的乳房時，感慨地說，「老天呀，還是眷顧你的，你瞧，你有多麼美的一對乳房！」他帶我到鏡子前。鏡中的那對乳房，挺拔飽滿，像快熟將被摘下的果子那麼誘人。因為害羞，我僅僅看了一眼，臉便通紅，趕緊扭過頭去。

賣花姑娘

一九六九年九月，我上小學一年級。學校每隔一兩個月會組織學生看電影。那時電影先放紀錄短片，全是中央領袖視察什麼地方，再放國產故事片《地雷戰》、《地道戰》和《戰鐵道游擊隊》一類，打打殺殺，轟轟烈烈。

放阿爾巴尼亞電影《寧死不屈》時，電影才開始好看。二姊這麼說，並給我五分錢，理由是我上小學，該鼓勵一下。

那是我生平第一次進電影院，我很激動。電影裡人都不怕死。班主任老師讓每個同學發表看後感想，輪到我了，我說：「電影眞好聽，可是呀，生活中有沒有這種連死都不畏懼的人？」

班主任老師把我批評了，她說：「我們中國共產黨員都是不怕死的人。」

二姊不知怎麼知道了，說後悔給我錢買電影票。從那之後，我怎麼找家人要錢看學校組織的電影，他們都不給我。

九歲那年，班主任老師說：「這回我們要看朝鮮電影《賣花姑娘》，票很緊張。

聽說不錯，是個看了必哭的電影，得帶兩條手絹才行。你們先到班長那兒報名。」

我報了名，可是要交錢時，卻沒錢。

因爲要帶兩條手絹的說法，讓我對這部電影充滿了好奇。我跟著學校的隊伍去石橋廣場的電影院，因爲沒有票，當然沒進得了門。

本來我很不高興，到電影售票處一看，票早售完，可仍有好些人待在那兒。

我不知他們待在那裡做什麼。便也站在一邊。

沒過幾分鐘，電影上演。售票處邊上有個擴音機，可聽見場內電影。這回連紀錄片也沒有，直接放電影。原來如此，這些人在這兒都是爲了能聽電影。

小小姑娘，清早起床，
提著花籃上市場。
走過大街，穿過小巷，
賣花賣花聲聲唱。
花兒雖美，花兒雖香，
沒人來買怎麼樣。
滿滿花籃，空空小囊，
如何回去見爹娘。

場內一片欷歔哭泣之聲，場外也是一片欷歔哭泣之聲。

聽到花妮的小妹順姬因偷吃地主家紅薯，遭到毒打，絆翻爐子上燉著的參湯，被燙瞎了眼。我哭得直用袖子擦眼淚。

電影散場了，電影院的出口湧滿了傷心欲絕的人。那是在側門，有一條長道通向街，我逆著他們走，從側門進了電影院裡。場內居然沒有人把守。我進廁所裡躲起來。觀眾走盡後，我聽見工作人員在裡面一排排察看，收垃圾，後來朝廁所走來。我把自己關進蹲位小門裡。工作人員走後。我也不敢出來。

過了好久，我才打開門。從另一個門裡也鑽出一個小腦袋，是一個大我好多的女孩子，我倆不約而同做了一個怪臉：英雄所見略同。

進到場子裡，已有不少觀眾。我們找了一個最後邊最角落的位子。

眞是太好了，終於看到花妮是個瓜子臉的大美人；順姬呢，模樣可愛又可憐，她瞎的樣子，不管發生任何事，你都會同情她的。還有那些花，眞是我見過最美的花；那歌眞是我長那麼大最打動我的歌。

那天我回家時已是很晚了，街上都亮了路燈。

我下著中學街長長的臺階，不知道家裡會有什麼樣的暴風雨等著我。可是我心裡被電影充得滿滿的，我準備全盤照實說來，爲了《賣花姑娘》，我甘願承受任何懲罰。

可是到家後，除了父親，其他人都不在。父親沒問我去哪兒了，只是說，「以後不要這麼晚回家，讓大人擔心。」

我眼圈本來就紅，這麼一來就更紅了。父親說：「快吃飯吧，菜都涼了。」

扁擔腳

商家住在六號院子大門右側，他們家全是兒子。有兩個兒子有一天打賭，看能否讓我把雙腿往後彎，彎成一根有弧形的扁擔。那種身體扭曲的姿勢，讓我感覺難忍又委屈。

他們在學校校門外的小路上攔住我。一個說：「你做扁擔腳給我們大家看。」

另一個說：「別聽他的。」

「你不做，我就把你父親母親的名字寫在牆上，還有廁所裡，讓每個人知道。」

我嚇壞了，他寫名字沒多大了不起，跟上來就會有其他人打上×或寫什麼髒話。

我馬上把自己雙腿朝後彎，彎成兩根扁擔一樣。當時圍了不少人，他們取笑我，罵我，傻瓜婊子養的。

兩人離開後，我衝出圍觀的人，往家裡走。奇怪，一靠近家，我的委屈和憤怒都平息了。

六號院子外的空壩裡堆了好些石塊，挑夫從江邊運來不少磚和水泥，他們把水泥堆在牆角，磚放在天井，說是害怕夜裡被人偷。原來天井的南側空地要建房，有兩個工人在量尺寸。

第二天來了五六個工人，先用石塊鋪地，開始建房。可南屋建得慢，原因是每隔一兩日，就有一個工人手腳受傷，房子裡的人議論：「這眞是邪事，有鬼了！」

週六工人下班早，我放學後，他們已收了工。我喜歡坐在院外石塊上，望著院子大門和進出的人。

我那段時間作夢，夢見那些工人在天井建石頭棺材，一排排石頭棺材，裝了好些血淋淋的人頭在裡面。我嚇得哭了。有個工人提刀要來砍我的頭，我哭啊哭，說：「放過我吧，不要把我裝進去。老天爺，有沒有一個人，肯將我帶走？」

石頭棺材裡的嘩啦直響，嚇得我立即止住哭。

我不要死，我要出生那天的雲和風，那天的河水湍急地拍擊著岩石。可是沒有了，再也沒有了。那天有的，這兒將永不可能再有；這兒沒有的，那天卻擁有。我是隻迷失的羔羊，與其被人殺了扔進石棺，還不如跳進江水裡。

我走到一個懸崖邊，往家的方向看。人只有死了，才能重生，才會有一個新的命運。也許能相遇那天的雲和風，也許能和母親的心從此融合而不分開，她會像其他母親一樣守護我，愛惜我。

我在夢裡的喊叫有了回應。母親第二天就回來了。她說和她抬同一根杆子的王阿姨的老家人，擔心豬有病，撐不住，就殺了。把豬頭給王阿姨送來。王阿姨砍下一半送給母親。「這不，我就送豬頭回家來。」

我愛聽母親這種口氣說話，好像她在說別的人。

「你別盯著我，像一隻復仇的狼。」母親說。

我想對母親說，我是你的小女兒、六姑娘，怎麼可能是一隻復仇的狼呢？可我什麼也沒說，只是把抽屜裡的揀豬毛夾子找出來，遞給她。

母親接過去，坐在一張矮凳子上開始清理豬頭上殘留的豬毛，左手按著豬肉，右手揀毛。一縷頭髮掉下來遮住了她的視線。我走過去，替她把它掖在耳朵背後。

小小姑娘

扁擔腳

閣樓鬧鬼

四姊參加學校支農，這天不回家。

我一個人上閣樓時，鄰居李二嫂對我說：「樓上有鬼，你一個人不怕？」她沒說還行，她說了，我的腳在打顫。每往上走一步，就對自己說，我不怕鬼，媽媽說我屬虎，殺氣大，八字大，命大，可以壓邪。

我不怕，是因爲我沒有夥伴，從心靈深處沒有親人，沒有父母、姊妹、弟兄。孤寂之中，寧願有鬼的存在，而不願相信它不存在。

好了，我到閣樓門前，伸手推門進去。脫了衣，上了床，一個人待在閣樓裡，沒一會兒便閉上眼睛。一陣大風吹進門來，掀起昏暗的天窗重重一聲響，幾乎抬起了整張床。再睜開眼來，突然發現一個白色的影子站在門外。

我奔過去，使勁關門，頂住門，不讓那影子進來。那影子力氣很大，一把推開門，我也被彈力送回床上。白色影子一晃而過，立在屋中央，長長的頭髮披掛下來，遮住了臉，感覺有一個長長的舌頭伸了出來。

扯過被子，我發現自己抓住的不是被子，而是一隻冰涼的手。我和那手拉扯，醒了，睜開眼睛，沒有風，沒有白色的影子，也沒有冰涼的手，但緊閉的門卻敞開了。

週末二姊回來，她在堂屋與四姊在閒聊時說夢見過一個白色的影子，還看清了臉，綠眼睛，長舌頭垂在胸前。二姊說太嚇人了。

二姊說的和我見到的一樣，所不同的是我未能看清楚。

李二嫂在邊上插話說：「那是個好人家的千金小姐，被逼死了，冤鬼啊！」

二姊四姊馬上坐直腰板，這是個鼓勵的信號，李二嫂說了下去：「你們知道嗎，我們這個院子曾是她的，她是一個有錢人的外室。那時我們院子佈置得很別致，天井邊堆放了盆花，大廚房下邊後院部分原是一座花園，有假山和水池，樹木茂盛。解放後，那花園填了，加蓋成現在這個醜樣子，只留下小塊空地、幾棵樹。我想起來，你們的六妹長得有點像她。」

「眞的嗎？」四姊問。

李二嫂聲音壓得很低：「對呀，她們臉眼睛都像，脖子上都有顆黑痣。」

他們居然在說我，我偷偷躲在閣樓門外走廊上，嚇得臉都白了。還好，我回到床上，就睡著了。

突然門大開，一個滿臉是血的漢子闖入。我嚇得一下站了起來，趕緊拉亮燈。這個漢子是那有錢人麼？太可怕了。從此，只要是一個人，睡覺時我就不會熄燈，作的夢差不多都跟以前的夢相關。

接連好幾個星期，那個滿臉是血的漢子會到了我的夢裡。這一天當他來時，滿臉怒氣，一步步朝我逼近。鄰居李二嫂說我長得像那個千金小姐，他把我當那千金小姐了。眞是傻瓜蛋一個！我來氣了，當漢子伸出十個手指企圖抓我，我躲閃不及，只得和他扭打在一起，打得難分難解。

母親曾說我有「三大」：殺氣大、八字大、命大。我相信她的話，拚了命，不顧一切地和他對打，終於，我揮起拳頭，用盡全身所有的力氣，狠狠地朝他的臉打去，他倒在地上。

醒來，我渾身上下全被汗水浸透了。

母親說過，夢裡遇上不好的事，一定要贏，才能平安。可能是這樣，反正，我的夢裡再也沒出現過那白色的影子和滿臉是血的人了。

長大一些，我在深夜之際，偶爾聽到像人又不像人的聲音，噠噠噠噠響在房子四周。還有笑聲、哭聲，悠長，淒厲，持久。那不是人而是鬼。鬼也有喜怒哀樂？鬼不是煙、霧、幻覺，它有血有肉有痛感，是實實在在的東西。在你想它意識到它的時候，它就存在，就在你四周。我適應這種陰氣重的環境。在人和鬼兩者中選擇，我寧願見鬼。

別人看我，說我鬼氣重，陰氣重，名字也是如此。

我對此說法不想表態，一笑置之。

狗的故事

八號院子有戶人家養了一條狗。在我十三歲那年夏天，九三巷開始流行到街上乘涼講故事。尚家進過大學的大兒子，成了主講人。他喜歡讀書。《悲慘世界》整本書是他在路燈下，一字一字讀給我們這些大人小孩子聽的。

有一天他的嗓子不好，他的新婚妻子頂替他，講了一個故事：

惠是一個獨生女，父母去世後，她做了最想幹的事：離開山城。

惠在新城市。一天在路上，她遇上一隻被人砍傷的三腳狗。狗有灰色的毛，藍眼睛，那乞求的眼中閃著淚珠。她不能不救牠。

惠用鹽水洗三腳狗肚子上的傷，用藥膏紗布包紮好，給牠餵水和飯。一段時間過去，傷便好了，狗和惠形影不離，異常親熱。

三腳狗很奇特。會跳凳子舞、鑽圈做遊戲，會在院牆上打滾。

惠喜歡三腳狗，無論去哪裡都帶著牠。她沒遇見什麼人，更沒愛上誰，自然沒與人結婚。

日子一天挨一天地逝去，一個偶然的時候，惠背上一陣酸痛，猛然感到身後有什麼異樣的東西釘在脊背上。轉身去看，是三腳狗，正露出尖利的牙齒，藍眼冒著凶氣，看見她，忙掉轉頭。

最初，惠以爲自己看花了眼，但如此情形發生了好幾次之後，自然引起了她的注意。三腳狗偷偷斜視她的模樣，令她周身打了個冷戰。

三腳狗分明是要活吞我！

惠不忍對三腳狗做出任何反擊的舉動。在心裡有理不清的東西，也可歸爲憐惜。於是，她便求人把三腳狗帶到郊外，乘公共汽車也要兩個多小時的運河邊。心想，這下自己可以安然入睡了。

過了一段時間，三腳狗便悄無聲息地回來了，帶著怨恨的神情。

惠又求人把三腳狗帶到另一處城郊的叢林之中，但牠還是找了回來。她也來勁了，讓人把三腳狗帶到海那邊，大洋另一端。

沒用，牠還是回來了，眼睛裡連怨恨也沒了。惠知道，那已不是怨恨了，她的憐惜從心裡掉下地，摔了個碎。

三腳狗繼續盯著惠。她到哪裡，牠便跟到哪裡，無論多遠多難找的地方，三腳狗是嗅著她身上的氣味尋著她的。

惠小時聽人講過故事：有一個人收養了一隻在門前快餓死的貓。這貓是妖怪變的。主人察覺後，搬了幾次家，貓都找到了。最後主人逃到廟裡做和尚，本以爲佛可以保佑他平安無事。然而，就在他到廟裡的當晚，他還是被貓撕來吃了。

原來那廟就是貓變的。

那麼三腳狗呢，爲何鍥而不捨追我，不達目的不甘休？惠累了，決定哪兒也不去了，也不想去了。她在房間四處畫滿紅顏色，能畫的地方都畫了，連燈泡也不放過。紅光飛濺，穿牆而過。這紅不是血的紅，是眞正的紅，是能壓邪驅惡的紅。

惠磨好了菜刀，放進被窩，佯裝熟睡。她希望三腳狗立即行動，別猶豫。

遠遠的，響起三腳狗的腳步聲。整個房間在紅色裡旋轉著，三腳狗踏著地板的聲音響在門外。惠知道牠來了。

猶豫。半分鐘之後，門敞開，三腳狗站在門口。天！三腳狗不怕紅色，徑直走到床前，露出抑制了許久的尖利牙齒，緊接著，一躍便到了床上。

三腳狗倒了下去。

惠的刀上有血，三腳狗不是妖怪，也不是鬼。鬼和妖怪都沒有血，而她把三腳狗當做妖精殺了。三腳狗或許不過是想上床和她在一起，不過是離不開她，想佔有她而已。

三腳狗到死的一刻，眼睛裡的咄咄目光，才轉爲傷心溫柔的一瞥，注視著惠。

自從聽了這個狗故事，從此我見了狗就很怕。我以爲尙家兒媳講錯了，惠是正確的，那三腳狗一定是妖精變的，死有餘辜。

後院鬧鬼

女人靠著牆向前走動。沒有人看見她。

該是午夜了，天卻像正午那麼明亮。

小女孩穿著紅連衣裙，站在牆拐角處。

「好孩子，允許我暫時離開你一會兒。」女人背轉過身，她以爲這是幻覺，只要轉過身，便會弄清是怎麼一回事。但她回過身時，小女孩像一團火，耀眼的火又出現了，空氣裡迴響著一串銀鈴似的笑聲：「哈哈，哈哈。」

小女孩一身紅衣，是我做的，她的笑聲是模仿我，女人一邊這麼想，一邊屏住嘴，讓湧上來的發苦的口水淌回喉嚨。她的手狠狠地敲著木板牆，臉貼了上去，親吻小女孩剛才站立的地方。木板牆上的灰塵落了她一臉。

這樣過去了一段時間，她有些累了，便坐在地板上，白衣裙捲成一團。透過木板間的縫隙望出去，金色的樹葉掉了一地。還不到秋天啊！眞是奇怪！十幾年前在這院子，十幾年後，還在這個院子裡，還在這個總愛下雨的山城。那時，她絕望地活著，設想以後的日子，無論如何，以後會過得稍有些不同。可今天仍是如此，一切相似得讓人生怕！

那時，走在窄長陰暗的走廊上，風吹進來，走廊的門窗發出被拍打的清脆聲音。那時，沒有溫飽，只有深入骨頭的傷痛；那時，夜裡徘徊在街上的野貓和野狗，總是因爲飢餓和欲望旺盛在亂叫；白天人總是坐在太陽下捉蝨子，江邊每隔幾日還是有屍體浮起，人們還是喜歡以看屍體爲樂。

那時，兩隻鸚鵡如今天一樣關在籠中，掛在樹上，它們眞是長壽。

從什麼時候開始，它們的眼睛蒙上一層薄霧？

她走近，才看清楚，鸚鵡羽毛黃色，嘴尖形，如兩指尖在一起，需要分開便分開，需要相連便相連。

午夜早過。鸚鵡叫了一聲，睜眼瞧她。她笑了，鸚鵡是在瞧遠處糧食倉庫園子裡的玉蘭樹，像自己的嘴一啓一閉。

你這麼惹人疼愛，但疼你愛你的人，一個也不存在。因爲沒人願意給你打開籠子，讓你得到自由。

鸚鵡轉過臉來看她。她低下頭，撫平衣服上的褶皺。她對自己說，有一天，你也會像鸚鵡一樣，成爲一堆毛和幾根骨頭。

那樣又有什麼不好呢？

她爬了起來，鑽進鸚鵡籠，把自己變成一隻鸚鵡。紅衣小女孩出現了，她這隻鸚鵡開始哭，哭得像小小嬰兒。

她看到，所有的房門打開，那些男男女女往外一瞧，馬上關上，再也不敢出聲。

有女初長成

我第一次來月經的那天晚上，不知所措，晚上也睡不著。於是起來，爬下樓梯，到了堂屋。我看見一個女人和一個小小女孩。她們從天井經過，往大廚房走去，走進那長長的走廊。那兒有一個鳥籠，一直空著，經常在風吹來時發出人一樣的笑聲。

我站在堂屋前，沒有動，還是原來的姿勢。我不怕鬼，母親說過人的心有鬼才有鬼，我的心沒有鬼。

何必怕鬼？

可是有怪怪的聲響，我走到堂屋的牆前，貼緊耳聽。從裡面傳來，輕而有節奏的聲音，很像在傳遞另一個世上的什麼消息。

「你知道你對同類的失望，但你永遠不會……」那聲音停了停，馬上又響起，「但你永遠不會知道你對你自己有多失望。」

我很吃驚，什麼人會如此知道我的內心？

淡淡的浮雲，幾顆寒星掛在天邊。

四周格外寧靜，寧靜得讓人發狂，我很想把天撕開看個清楚，把地劃開探個究竟，把我自己從頭到腳，從裡到外搞個水落石出：我是誰，爲何而來到這個世上？

天井南側加蓋的房間已建好，還未有人搬進去。牆上有面窗子，大敞開，好像有些影子在窗框內搖晃。不錯，就是一些影子在那兒搖頭晃腦。

我走近一些看，那些影子，沒有臉。不是之前經過我的那一大一小的兩個女人。

他們有七八個，不對，是十來個。

他們看著我，我看著他們。

後來住進天井南側房子的人，都活不長久，有個掉進江裡死了，還有個生病死了。都說南側那空地，不該建房。後來沒人敢住進去。

古老的葡萄樹

在六號院子的大廚房裡，有一條陰暗的走廊。走廊頭，有一個丁字梯子通向院子的底層，向下走二十級樓梯後轉彎，朝右拐，又走二十級樓梯，就到達小院後院，住著三戶人家。那兒有一道小門，呈弧形，從小門出去，有一個籬笆圍成的園子，和尙家獨立的一幢房子相連。園子裡有三棵葡萄樹，面對糧食倉庫種滿植物的苗圃。順牆有一條小水溝，下雨天，水才急急地流。葡萄樹上的葡萄長得大又甜，但不屬於小院所有，是尙家的。

葡萄樹有一百年了，古藤盤繞，以前少有新芽，也不結葡萄。尙家兩個兒子在武鬥中被打死後，葡萄樹一年比一年長得好。院子裡的婆娘們湊在一起神祕地說，是尙家兩個兒子魂附在樹上，樹成精了，夜裡就跑到街上尋人喝人血。那表情跟親眼所見一般。

起初，家裡人都把兒子死訊瞞著尙太太。

葡萄樹吊著一串串果實，熟了的，皆甜如蜜糖。於是乎，傳言便日益頻繁，謊話終被拆穿。尙太太坐在葡萄樹下整整一夜，第二天頭髮變得灰白，一把一把地掉。

打那以後，她坐在樹下，只喝水不吃飯，眼睛不再看葡萄樹，只盯江面，幾個鐘頭都不動一下。第五天清晨，家人發現她吊死在葡萄樹下，用一段白綢。

大人們不去樹下了，孩子們也不去樹下了，白天也這樣。那些婆娘們嘴湊在一起，更加神祕地說，是兩個變成樹精的兒子找了他們的母親去。

人們對葡萄樹的恐懼，逐漸發展到誰提它就朝誰翻白眼，噓地一聲制止。

周姉提著一個箱子出現在院子在門口，我以爲自己看花眼。她看上去變了一個人，皮膚粗糙，眼睛無光。她什麼人也不理，直接去了她母親的房間。

幸好那天院子裡人特別少。我吃驚極了，跟著她到後院。她與她母親低低說著話，只有一句「離開他是好事。你回來媽媽就原諒了你。」

周姉的母親跟天下所有的母親一樣，還是愛女兒的。我本以爲她會跟那個私奔的男人過得好，結果兩人還是走到了盡頭。

她早睡早起，我起床時，她已走了。我上閣樓時，她已關門睡覺。這樣幾乎整個夏天都快完了，都沒見到她。但是有一天傍晚，我吃過飯，鬼使神差地下樓梯到後院，我聽到有人在園子裡哭。

打開園子的門，發現哭的人是周姊。她用手絹擦乾眼淚，坐在葡萄樹的結實的藤上。我叫了她一聲，她一點反應也沒有。後來連著三天，都是在傍晚時分，我發現周姊去園子裡的葡萄樹藤上呆呆地坐著。

綠而肥的豬兒蟲從葡萄樹上掉下來，一隻隻蠕動著。周姊抓過來放在跟前，排成一線，疊成一個小丘。樹上紅葡萄熟透了也沒人敢吃，掉了下來，砸在她頭上、肩上。她向上望，脖子伸直，頭往後仰。她開始揪自己的頭髮，然後把腦袋朝地上的一塊石頭上撞啊撞。

周姊的腦袋破了，在流血，跟果實的色澤一模一樣。

我本來悄悄躲在門縫裡，看到周姊頭破了，就跑去告訴她的父母。

他們趕來拉住她，說：「好，你說什麼我們都答應。」

沒多久，周姊嫁了一個條件遠不如她的人。院子裡的人說，「人都往上走，那姑娘卻要往下走，一步走錯，步步都錯，以後日子可苦啊，到時怨不得她家大人。」

那扇通向葡萄樹的門因爲這件事，從此被鐵釘釘死了。水溝水依舊流，但響聲變得急切而狂躁，隔牆一聽，好像溝裡的水隨時都可能上漲，沖上來淹沒園子的門和樓梯，淹沒一切。有最驚駭者提議：「留水溝幹嘛？遲早會壞事。」

於是水溝順理成章被填平，封住，另開一條水溝，繞過小院通向別的地方。

他們說那水溝通向河流，是地獄之門。

新鄰居

天井南側的屋子搬進來一個年輕女人。

她在中學街後面的塑膠五廠上班，聽說我們六號院子有這麼一間鬧鬼的房子空著，就去找有關部門。得到房子鑰匙後，她把房子上下撣了一下灰塵，貼了好些才過不久的報紙。

我們家過年才貼攢了一年的報紙。她倒好，弄了那麼多報紙來貼。

商媽家位於我們院子第一戶，什麼人進來，她首先看到。她對那年輕女人自我介紹後說：「以後有什麼事要幫忙，千萬不要客氣。」

年輕女人說她叫青玉，在塑膠廠當樣板技工。她說她爹媽住江北，她不想每天上班下班坐輪渡過江，也不想住集體宿舍。

商媽聽著，笑了笑。樣子很怪。

青玉說：「鬧鬼是吧，我這人還眞是怪，從小能看見鬼。沒事的，鬼只找怕鬼的人。你看我用報紙貼牆，乾淨就沒問題。」

商媽不等她請，就進那南屋去看。我跟在她們後面。那屋子經青玉一收拾，看起來還眞的不錯，窗子敞開，屋裡不像以前那麼陰暗。有一張床，小木桌下兩根凳子放得整整齊齊，還有一口箱子，打開著，裡面是換洗衣服。

商媽說：「東西不少啊。」

青玉說：「就是。」

青玉的小灶在大廚房最邊上一個，顯得更小。她做了稀飯，吃了豆腐乳，就草草洗了碗，關上房門和窗子，十分鐘後就熄燈睡著了。

第二天她很早就去上班了。

回家也是吃得同樣簡單。也是睡得特別早。在我們院子裡，人睡得早不算稀奇，大都幹體力活，一天下來，到家連骨頭都散了，躺下就起不來。可是青玉的工作不是那種體力活，她是技工，按照設計師的設計做塑膠涼鞋模型的。就算是累了，也該出來和鄰居們擺擺家常什麼的。自知是新來的，得與鄰居們套套近乎，可是她不。

商媽和陳婆婆說：「你看，青玉睡得特別早，是不是有喜了。」

「可是她沒有結婚呀。」

第三天青玉也是睡得很早，早上起來也不吃飯，眼睛紅紅的，像是沒睡好的樣子。當她下班回家，剛打開房門，陳婆婆就給她端去一碗小麵，裡面有青菜葉子，香噴噴的。可是青玉說：「我肚子不餓。」

商媽說：「你不要，我可要，我最喜歡吃陳婆婆做的小麵了。」

青玉說：「你吃吧。」

「那你吃了嗎？」商媽問。

青玉點頭說：「我吃過了。」她站在那兒，手拉著門，明顯是要關門了。

陳婆婆回到堂屋裡，歎了一口氣說：「準是中邪了，你看她氣色那麼差。」

我耳尖，聽見了，從青玉住進院子，我就對她好奇。好不容易等到天黑，院子裡好些人從堂屋、廚房和天井各進各的屋子裡，睡覺了或準備睡覺了。我走下閣樓，悄悄到她的窗下。嚇我一跳，裡面有低低的男人說話聲。這怎麼可能？

還有青玉淺淺的笑聲。

青玉有對象了，原來如此。

這麼說，她有對象了，就會有喜，懷孩子。

這麼一想，我就不想聽了，萬一被人發現我偷聽，告訴父親，那可不得了，父親最討厭我們家孩子這麼做人。

我趕快回到閣樓上繼續睡覺。

接著好多天，青玉都沒有吃晚飯。幾乎每天早出晚歸，與我們院子裡人都不打照面。商媽對丈夫說：「你看人家過得多有個性。」

可是這天有人來院子裡打聽青玉的下落。商媽和陳婆婆最感興趣，一問來人，是青玉塑膠廠裡的幹部。商媽說：「她的確住在這兒，她不是去上班了嗎？你怎麼問到我們院子來了？」

「她曠工一週了，也沒請假。我們去她父母家問了，才知道她住這兒。」來人解釋。

陳婆婆一聽，拍了一下自己腿：「她肯定是跟人跑了。」她看了一眼商媽，「我們都以為她懷小孩了，夜裡還聽到她屋子裡有男人說話聲。」

來人說：「你們越說越離譜。」他被弄糊塗了。

他們三人的對話，早就吸引院子裡的鄰居跑到天井裡來了，人多嘴雜，主意也多。最後大家一致決定報案。不等報案，早有街委會管事的，把戶籍領來了。

戶籍聽了情況，決定破門看看青玉留下什麼東西沒有，這樣也可知道她是永遠離開，還是短期走掉。門一打開，一股嗆人的氣味撲來，得捂著鼻子才能忍受。我跟著其他兩個小孩想往裡躥。戶籍馬上說：

「不要讓小孩子進來！」

裡面床上青玉死得硬邦邦，屍體已發臭了。

所有的人都傻掉了，誰也沒有想到。連一向最神的陳婆婆也未料到。她說：「我覺得青玉不吃只想睡，是中了邪，沒想到她丟了命。原來她是跟鬼戀愛上了。只有愛上鬼，才會這樣啊！」

殯儀館的人來了，在青玉身體上蓋了一層布抬走。她的爹媽跑來時，屋裡已沒有青玉了。他們哭得叫天喊地。

我沒有看到青玉最後的樣子，也不懂與鬼戀愛是怎麼一回事。青玉那低低的笑聲，彷彿在我耳邊響起。她死前好高興，小小年紀的我也能感覺到。

天井的南屋從那之後，再也無人敢住進去，被封死了。日子一久，門漸漸爛朽，各家人索性破了門，往裡放些雜物，倒也無任何怪事發生。

二姊講的故事

好像是我十八歲那年春節吧，姊姊哥哥都回家來。母親加班，父親要大家等母親回來吃年夜飯。大家坐在桌子前等得無聊，四姊提到多年前大家在六號院子外的空地聽鄰居講故事的事，說要是能回到以前多好啊。

三哥對二姊說：「你看書不少，又是一個小學教師，必然會講故事，今天你給我們講一個吧。」

二姊不願意，推來推去。

大姊說：「我來講。」

三哥說：「等二姊講了，你再講。」

二姊一看推不掉，就只好講了：「好吧，我講一個故事。」

住在山城重慶市中區一號橋的少年明，母親病逝後，跟父親和兩個妹妹搬到附近的棗子楠丫，那石坡上有一所幼兒園。

中年女子嫒天天經過他家門口。她音樂學院畢業，拉大提琴，因爲家庭成分不好，只能在幼兒園當老師。在十二歲的少年眼裡，嫒的美是清清爽爽的。聽說她親生母親是日本人，五〇年代時被驅逐出國；父親當時氣瘋了，跳江自殺，被人救起來。但沒隔多久，便鬱鬱而終。

孤獨的少年暗戀嫒，覺得她像母親，先是畏畏縮縮地與嫒沒話找話說，她都不當一回事，直到嫒發現丈夫另有新歡，才發現少年的存在。他問：「你眼睛怎麼是紅的？」

她站在石階上，對他說：「因爲我哭過。」

「爲什麼呢？什麼事呀？」他關切急了。

於是嫒對少年說起丈夫變心的事來，她痛不欲生。少年安慰她，她發現他眼睛敢正眼瞧她，不僅如此，他的眼睛非常明亮。

兩人自此之後，經常碰面，少年耐心地聽嫒說自己的傷心事，給她準備著手絹，她哭得最厲害時，他也不過是拉著她的手而已。

就在嫒與丈夫準備離婚的當頭，嫒的親生母親終於找到她，並要帶她離開山城重慶去東京。丈夫回心轉意，與嫒修好。

明在那個夏天等著嫒來見面，但是嫒沒有來。她悄悄地走了，從他的生活中消失了。這好像是一個夢。明發誓要去東京，再見到他心中的愛人。他幾乎每天夜裡都夢見一個紅衣騎士，從窗前飛入，說是要帶他到另一個世界去。

五年後的春天，明十七歲，因爲不上課，熱衷於寫詩，與父親大吵一頓，離家出走。無奈中他想起媛，想起她每每經過門前的身影，她溫和的手指，濕熱地握著他。那歡悅，讓他想起自己的誓言，他決定去東京找媛。

於是他找到媛的丈夫的家裡，沒費神就找到媛在東京的地址。

明混入一艘開往橫濱的貨船，再隻身一人到了東京。漫天開著紅紅的櫻花，他感覺自己的身體在這耀眼的花海中飄飛，他就是自己夢中的紅騎士。

明當然找不到媛。只得給人幹黑活洗盤子，苦學日語。一年後，又是櫻花燦爛之時，有一天坐地鐵，明發現報紙上大黑字旁，是一個女人的照片，一縷飄逸的頭髮幾乎擋住了她很美的眼睛，照片透出他從小就熟悉的那種氣味。她該是四十多歲的人，但就是不顯老。報上說她在飯店拉大提琴，殺死兩個兒子、丈夫和丈夫的情人，然後自殺。

明震驚了，直覺告訴他，報上的女人是媛。他搖搖頭，無法相信那殺人者是她。他開始一系列的尋找。他找到出事地點，一個大宅子。好不容易說服看門人得以進去。凶宅已空蕩蕩。等他走出那兒時，他的雙腿無力發軟，媛的確殺了人並自殺了！

回望那幢大房子，媛母親的遺產，他還是不能把媛在日本的生活完整地拼貼起來。

他坐在房前的石階上，好像從十二歲以來的壓抑與苦悶都如滿樹櫻花，僅僅幾天就凋謝了，不經看，也不經留。他有個感覺，媛並未死。

看門人不說話，可憐地看著這個自稱爲媛的表弟的人無語。他又不敢去處理慘案的警察局：因他是黑著來日本的人，也是黑著待的人。

他好不容易與在那個警察局做清潔工的人做了朋友，由他幫助混入警察局。夜裡無人時才翻找出檔案。查明媛確實未死。她殺人後，自殺，卻被救活，但是瘋了，關在一個精神病醫院。

他還是以表弟的身分去看媛的。她失去記憶。一點也記不起他，對他奇怪地笑著。

從旁人的嘴裡得知媛的丈夫到達日本後，因爲語言障礙，找不到工作，只得去揹死人；她呢，因爲母親的後夫是個病人，不歡迎他們一家住那。媛無法，只得租房，到飯店拉大提琴。丈夫背死人到停屍房，發現每天都有好些不錯的死人衣服被扔掉。他把那些本該倒到垃圾車的衣服統統收走，成批運回山城，讓山城的朋友買舊貨。那些衣服價廉別致很受歡迎。沒多久，山城有一條街都在賣丈夫弄回去的舊衣物。丈夫發財了，開始舊病犯了，在外找女人。沒多久，媛的繼父死了，母親接她回去住。丈夫不准，而且大罵她的母親，問她母親當初爲何不敢留他們住下，是個窩囊廢。氣得媛與他分房而居。

母親很傷心。不過母親是老死的。媛一家搬到大宅子。

她想返回家鄉重慶，可是丈夫不肯。甚至不讓她到外面去工作。丈夫把情人帶回家來，她稍有不快，他便動手打她，咒罵她已是亡靈的母親時。有一天她再也不可忍受，做了那件震動全日本的事。

這天媛的病情嚴重了，明卻覺得她認出了自己。他去看她時，她對他格外溫存。迴光返照，他說。眞是，她對他說，你讓我死了吧。

「我要娶你，用轎子來抬你。」那是明十二歲時發的誓。當時他幻想有一片盛開的花海，那轎子在花海中穿行。明哭了，想自己一直念著的是這麼一個女子，竟然完全不知他的感覺，也不知這些年他都在爲重新見到她而活著。好不容易找到她，她卻是這樣子。他絕望透了，覺得生不如死。他看見對面的小山坡上，櫻花落了一地，還有幾枝正鮮活活地怒放著。突然，紅騎士出現了，站在窗前，紅騎士說：「嘿，小夥子，走吧，跟我到另一個世界去！」

一週後，東京的報紙報導，著名女殺人犯昨夜突然死在醫院一個小山坡上，死因不明，像是被掐死的，脖頸上有手指印。警察局懷疑是一個少年，卻發現那個少年失蹤了。

同時，山城重慶一家報紙刊登了一則尋人啓事，一個父親在尋找失蹤一年的兒子明。

二姊講完了，我們都沒說話，大家知道她講的故事，才發生不久。我們之前也聽過一點點。這種眞實故事，人嘴相傳，比風跑得還快。

她的眼睛看上去十分悲傷。那是我生平第一次聽二姊講故事，她講得比專業說書人一點也不差，尤其是她的語氣冷冷的，彷彿故事跟她毫無關係，就越是這樣，越能打動人。

大姊說：「我來講個農村裡的鬼故事吧。」

大家洗耳恭聽，這時母親推門進來。於是我們開始熱了冷菜，一家人坐在桌子邊，吃年夜飯了。母親說，我們得先敬祖先，二敬外公外婆。敬過之後，母親說，動筷子吧。

小小姑娘

二姊講的故事

白頭髮女人

有雷聲陣陣滾過天邊，我起身，想掀開布簾上馬桶。可是裡面有人。我穿上衣服，出外去找公共廁所，門前全是人在排隊，她們面色蠟黃，神情焦急，有的穿著拖鞋，我進去一看，裡面臭氣哄哄、蒼蠅亂飛，三個蹲坑全有人，地上屎尿橫流，也沒法解決問題。我退了出來，看到一位中年女人在隊伍中對我打招呼，她很像小時給我治過手的巫醫，不過，她一點都沒老，站在那兒，背伸得挺直。她說，「小妹妹，你急，那隨我來吧！」

我們拐了好些巷子，最後到一個江邊石崖前，她解了褲子先蹲下來，我跟著她蹲下來，解決了問題。

「你媽媽有一天會死了，她是一個好人。這世上人本質都是好的。有的人變壞了，有的人不變。」她說。

我跟著她朝山坡上走，拐一些奇小狹窄的巷子時，我發現時間在飛逝而過，可能是一年，可能是兩年，甚至更多年，因為前面的婦人頭髮灰白，再一看全白了。

她轉過身來，對我說。「你看看我們周圍的男女，特別是院子裡的鄰居鐘伯伯，一結婚就在鬧離婚。這哪成了！女人什麼都要呀，男人也一樣。人得吃飯，人得穿衣，人得睡覺。她不做家務，連折疊一件衣服都覺得麻煩，髒衣服乾淨衣服全亂堆在櫃子裡。她不爲他準備早飯，家裡髒得一塌糊塗，也不做晚飯，等著男人辛苦一天回家做，稍不如意，就與他吵，脾氣暴躁，還動不動打他耳光，撕爛他的衣服，衣服沒得撕了，就砸家裡東西，碗砸爛一地，威脅要燒房子，咒他不得好死。是女人，都不讓他接觸，男人與他往來也不高興。他的時間得全爲她，他過的不是人的日子，生怕老了會更可憐。他沒有辦法，只有叫回以前的太太。」

「以前的太太？」我加快腳步，與她並行。

她說，以前的太太從大老遠的地方來，他之前向她允諾，他要與現在妻子離婚，說他是多麼後悔，如何做錯一事，要她原諒。她本不想夾在兩人中間，想等他解決了離婚問題，再來。可是他說，她得給他一個機會，讓他對她好。她說他不要再騙她，否則她再也活不了。他保證。

於是她來了。他把她安排在一個朋友正巧空著的小房子裡住，先讓他的年輕妻子離開，她本是要去外出差。她離開後，他就換了鎖。

他去接以前太太。最後兩人回到他的房子。

故事就此進入高潮，他們住了兩天，身體纏著身體，變換姿勢做愛，山盟海誓，再不離開，回憶以前的日子，互相懺悔，要求彼此原諒。以前太太幫他打掃乾淨屋子，幫他做飯，幫他泡茶，他感動地對她說，和她在一起，心裡眞踏實。他得知年輕女人要提前回來，就把以前的太太移回那個朋友的小房子，因爲不能讓年輕妻子抓個現行，那樣離婚就難了。年輕妻子一回來發現鎖變了，就向鄰居借錘子砸開鎖。進家門後，她馬上檢查家裡的蛛絲馬跡，看到枕頭縫裡的長頭髮，她對回家來的他哭著說：

「你找什麼人都可以，卻不能找她，我沒有臉。」

他說：「我受不了你，我要搬走。」

他眞的搬走了。

年輕妻子第二天就趕到他單位上去，要他回去住，否則她要自殺。他不聽，和以前的太太在那個小房子同居起來。年輕妻子不能輸給以前的太太，她不斷地到單位找他，找他的領導，找他的妹妹，找他的朋友，一起給他做工作，讓他回到家裡。

每天她都對他說，她要改掉所有的錯誤，要對他關心溫柔，一切聽從他的，做一個好妻子。他受各方面壓力，開始回家去。以前的太太要他實話相說何去何從，他不說，他不說，他放在兩個女人之間的天平開始搖晃，最後，趁以前的太太出門買菜時，他從同居的小房子搬走了，一張紙條沒留。

以前的太太回到那間小房子，沒有想到，是如此結果，一口血吐出，嚇了自己一跳。馬上跑到單位去找他。找了一天，終於找到，他不理會她。她說：

「你若是要走，與我說一聲，不能這樣行事。」

他不說話。

她哭起來，要死。他不放心送她回那小房子裡。她一天沒吃飯，躺在床上，他脫了衣服躺在她身邊，他去廚房拿水。她突然來了力量，拿了他的鑰匙，飛快穿衣，奔出門跑到他的家去。她以爲那年輕妻子在那裡，她只是想找她說個清楚。結果沒人。他跟著追來，叫來派出所戶籍和年輕妻子的兩個好朋友，說：「不認識她，要她滾。」

她非常震驚：「你怎能如此這樣對待我！」

他要戶籍趕她走。

她對戶籍說：「我與這個男人是夫妻。」

他說：「她不是。」

「好吧，我是前妻。」

戶籍被弄糊塗了，要看他的結婚證。趁這機會，她操起門背後一個錘子，砸掉房子裡床和櫃子桌子，還有窗玻璃。他傻眼了，戶籍也呆住了。看了一下滿屋的碎玻璃渣子斷腿的桌椅，她走出房子。

她直接去了輪渡口，一進渡輪，她就倒在長椅上，不醒人事。

「他們不會幸福的。」白髮女人說。

她的聲音輕輕的，輕得不能再輕。感覺有一扇門在我面前關掉，突然她不在了，巷子也不在了，好些房子在轉著圈。

有人在不停地敲門。我睜眼一看，發現自己作了一個夢。可是夢裡的兩個女人並不是我的鄰居，那個自私的男人，我也不認識。他是誰呀，也許在未來，等我長大，我會碰見他，可我情願永遠不要碰見他。

那是以後發生的事。以後的事誰能知道？

那個頭髮發白的女人是誰，我也不知道。

以後作夢，再也沒夢見過她。但有一天，我經過江邊河街時，看見人們在給一個滿頭白髮的老太太做喪事。我認出她的臉。有人說，只要不停止講死去的人生前的故事，那她就不會死。小小年紀的我，遠遠地站在石階上看著她的停止呼吸的身體，滿心希望她不死。

食蓮者

母親在忠縣關口寨的老屋，窗口正對著一片水田，田裡生長著蓮花。下雨時沒帶斗笠，順手摘下蓮葉蓋在頭頂，赤腳跑回家。那時她四歲。那是第一次外婆要纏她的腳，她不願，悄悄鬆開了。被發現後，又被纏上。外婆走開，勒令大哥看住她。可她還是趁他不備，解開了。一眨眼，她成了一個有模有樣的少女在雨中奔跑。

家裡不管是做稀飯還是蒸菜餅，都喜歡摘幾片蓮葉放上，飯菜有蓮的清香。這些天來母親吃不下睡不好，因爲外婆要把她許給一個從未打過照面的小男人，她十二分不情願。她被關在屋子裡。天黑了，她顫顫巍巍地打開窗子，這窗不太高，要翻過去，必須小心，因爲外婆耳朵尖。等母親翻過去時才發現自己什麼都沒帶，她又翻回去，把外婆準備給她做嫁妝的蚊帳帶走，慌裡慌張，結果翻窗落地時腳扭著了。

母親沒有給我講過這往事。大姊去過母親的老屋，她聽母親講，又聽舅舅們講，然後講給我聽。母親抱著蚊帳頂著蓮葉往縣城跑，往江邊跑，那兒有輪船，可以載她去遠方，去了遠方就可以不嫁給那個男人。

母親搭上了輪船，果然她的命運因爲這艘船而改變：有了她前往重慶，才有了我們兄妹幾個。

母親、二姊、四姊還有我，我們坐在一輛黑色的馬車裡。馬車行駛飛快，母親緊緊抓著二姊四姊的手，和我說著話。突然馬車停了，姊姊們大叫：

「媽！」

大姊昨天作了這個夢，當時她說完大哭。大姊說她後悔之前不聽母親的話，才讓自己吃了那麼多苦，走了那麼多彎路。

我總是夢見從前的南岸六號院子，天井裡的青苔，大木門吱呀的開關聲，堂屋裡的門檻被人磨得光滑發亮。雨下起來，雨聲中夾有家人的訓斥：「快洗乾淨家什，擦乾淨，等會兒媽就要回來。」

我戴著斗笠在天井裡用雨水洗著家什，心裡充滿期待，天冷手凍，也一點兒不覺得，因爲母親就會回家來，但是我洗了家裡所有能洗的東西，仍然沒有見到母親的身影。

夢醒了，我起身坐在床上，突然明白：母親是永遠不會回來了。

我多麼希望有人向我走過來。真的，誘拐我吧，
如果你本就帶著危險，那就更誘惑我。

過生日

記不清那是我的十一歲還是十二歲生日，總之，那天是我生日，除了我自己知道，沒有人來向我表示一下。天未完全黑盡，我因爲悶悶不樂，早早睡了。

不知睡了多久，感覺有人把我弄醒。我穿了衣服，走出房間到閣樓外的小走廊上。有四個人抬著一口檀香木棺材，放到堂屋裡，就離開了。院子裡異常安靜，像一個人也沒有。我走下樓梯，坐在最後一級上，不知所措。

星星拉下一線線光，斜掛在天井的一角，不見月亮。堂屋裡突然人聲混雜，許多人端著盆子、捧著衣服，從這個房間串到那個房間。一個駝背青年和一個白鬍子小老頭在天井裡磨菜刀，他們的臉如白紙，在磨刀石邊機械地抽動著身體。

一個俏麗的女人朝我招手，我走了過去。她帶我進了一間小小的房間，遞給我一把水果刀，要我把桌上一疊紫色皺紋紙裁成小方塊。不時就有人進來取方塊紙，他們搖搖晃晃，發出吱吱啊啊的聲音。那女人站在我邊上，折疊著一艘船，吱吱啊啊地指派他們，好多盤子和碗從櫃子裡搬出去，女人時不時看我一眼，眼光意味深長，是我從未見過的，似乎她很喜歡我，她的頭髮零亂地披在棉布衫裹得緊緊的身體上，她把紙船遞給我時，嘴角含著笑意，看上去是那樣的美。

這艘船，有船艙船舷，還有煙囪，彷彿只要把船放進水裡，它就會像眞船一樣開動，不知道她是怎麼折疊的，這艘船讓我著迷極了。在之前我沒有玩過任何玩具，在我五歲半時，一個陌生女人舉著一架轉動起來嘩嘩響的紙風車，說是只要我跟她走，風車就屬於我。那天早上，我跟著那位人販子上了輪渡。當輪渡要開時，我突然哭了，往囤船上跑，憑著記憶往家的方向走，可是到了家門口，我又故意在外停留到晚上才回去。

母親早就急壞了。

看見了我，她順手就是一巴掌過來。我痛得叫了起來。

「你叫什麼？」給我紙船的女人問。

我說：「我的母親是不是在喊我？」

那女人看看我，想說什麼，卻住了嘴。有位老媽子過來，又拿了好些彩色的紙給我。我站在那兒繼續用水果刀裁紙。

不知過了好久，我聽見響動，抬頭一看，給我紙船的女人閃過房門。我扔下水果刀，追了出去。

她快步如飛，沒走一會兒，我便把她弄甩髮。我走入大廚房後面窄小的甬道，地板上點著一盞盞煤油燈。甬道兩旁的房間都關著，整個院子突然鴉雀無聲，又變得無人一般。我想找給我折紙船的女人，她跟母親長得很相像，她是不是母親經常說到的表妹？若是，她死在飢荒年，怎麼會在這兒？

我推開一扇扇門，都沒有人。甬道上點點火光閃爍不已，梔子花濃郁的香氣一陣陣撲來，我捂住嘴鼻，腦子暈乎乎的。

當我推開甬道最後一間房、看到大木床掛著麻紗蚊帳、手觸到上面的補釘時，心加劇地跳了起來。這蚊帳我最熟悉，無數次重複在夢中：這是母親的蚊帳。

碗櫃上也有兩盞煤油燈，冒著黑黑的煙，燈芯有小指頭那麼粗大。一簍蒸熟的紅鹽雞蛋上面做花花綠綠的記號，擱在桌上，好幾個碗反扣，筷子尖統統朝裡，一隻大土碗盛滿了清水。木板牆上貼了長條的綠黃紙。我越看越不安，總覺得這場面不會和接生、結婚等喜事相關，肯定有其他什麼意料之外的事將發生或正在發生。

壁櫃後面射來一道光，我推了推，壁櫃是活動的。我走了進去，裡面一片黑暗，試著找出口，可是找不到。這時耳邊傳來一串串節奏並不舒緩的歌曲，不止兩三個人，是好多人。他們齊聲合唱，還夾有擊掌聲。

我想出去看，急得滿頭是汗，可仍是找不到開關，氣得我腳往地上一跺。一分鐘不到，有微弱的光線，就在壁櫃門縫隙中，我去拉門，拉不動，往左一移，就移開了一個大口子。裡面又有一道門，我輕輕推開一點，朝裡瞧：

我的母親穿著一身紅衣，在耳鬢插了兩朵乳白色的梔子花，彷彿整個人上了一層釉彩，鮮豔而清新。肚子微微腆起，但不失優雅。她正懷著我。相比之下，我的生父卻像笨拙的低能少年，不知所措地在她身邊，他們朝著我這個方向跪在地上。叔公背對我坐在高椅上。送我紙船的女人站在叔公背後。這個房間比堂屋還大，坐滿了男男女女，他們的服飾和化妝之鮮亮都是我從未見過的。

「你說呀，願意還是不願意？」叔公問了第二遍。

我的生父還是沉默不語。

叔公問第三遍時，我母親的手撫了一下頭髮，那兩朵梔子花掉在地上。我母親的眼睛慢慢閉上。

「龜孫子，說話呀，同意還是不同意要這個孩子？明白嗎？不要的話，她就是私生子。」

叔公厲聲喝道。

我看了看母親，以爲她會哭，卻見她露出了笑容，母親這種笑使她顯得更美了，她朝生父轉過身。

生父突然跪在地上，像低能少年一樣的臉上露出怨氣，他一定會說不要我。那樣沒準我就不能出生，他也會被趕走。那是我最害怕的，我渾身在顫抖。

叔公的聲音響在廳堂裡像雷聲轟鳴：「要或是不要？」我更加害怕了，不由得靠在身後的壁櫃上。這時我看到另一個男人，樣子像我的養父。這一發現，使我兩眼頓時冒金花：我的生父、養父和母親，跟著廳堂一起在縮小，縮小。我必須阻止我不想看到的一幕發生，不知從哪來的勇氣，我走出壁櫃，衝進廳堂，大叫了一聲：

「你們要我吧！」

廳堂的人呆住了，但馬上反應過來：「那是六妹，她該在她母親的肚子裡，怎麼會在這兒，怎麼會是這麼大一個女孩子？快點，抓住她！抓住她！」

他們的叫聲使我明白自己的境地。我拔腿朝左邊的樓梯爬去，到了樓上，駝背青年和白鬍子小老頭正在十來步遠的地方守著門笑嘻嘻朝我走來，我只有繼續爬樓梯，從閣樓的天窗鑽出。圓形的天空黑藍透底，比鏡子還亮，一大群人從天窗裡鑽出來，緊跟著我，我在屋頂瓦片上，傾斜著身體飛快地走著。

一個梯子架在牆邊，那個送我紙船的女人扶住梯子站在那兒，對我喊：「過來，快過來！」

我走過去，從梯子下來，隨她左拐右拐穿過幾個房間之後，又轉到樓梯下面的裝雜物的儲藏室裡。我和她緊張地蹲著，儲藏室低矮潮濕，聽著樓上的腳步聲漸漸遠去，我才敢大喘一口氣。她握著我的手，說：「知道嗎，我是你的姨。」

「那你是鬼？」

她點點頭。

奇怪，我一點兒也不怕她。我把頭靠在了她的肩上。等了一會兒，她說，「我出去看一下就回來。你在這兒等我。」

夜深了，深得人的心空空蕩蕩，姨沒有回來。老鼠沿牆跑上跑下。我走出儲藏室，輕腳輕手上樓梯。我穿過窄小的甬道，找母親的房間，沒有找到。劃拳喝酒的聲音似乎在堂屋那邊，還有二胡刺耳的伴奏，陽臺上的梔子花香充滿每個角落。我退到樓梯口，猛見一個人站在面前，我的嘴被一隻熟悉的手捂住了。「六妹，不要出聲，是我！」母親在我耳邊說。

我抓住樓梯的欄杆，不說話，也不抬頭去看她。

母親的聲音異常悲傷。「六妹，你可以不對我好，不叫我媽媽，甚至你可以罵我。你對我做什麼都可以，你從家出走了一天，你知道我有多焦急嗎？我到處找過你，四處托人，甚至到派出所，什麼辦法都試過。」

我咬緊牙，還是不看她。

「六妹，媽媽知道你在這個家不容易，你吃苦受罪，一個人遭難，肯定在心裡怨媽媽、恨媽媽，恨這個家。」她扳過我的頭，我看見淚水漣漣的母親指著自己的身體說，「六妹，說其他的都是假的，這兒可是真的，你畢竟在我這裡待足了十個月。剛才你不也看見了？」

我看見自己在母親肚子裡，看見了兩個父親。不能不說，他們都是愛我的。我想說話，想叫「媽媽」。可是奇怪，我看不見母親，除了看見她懷著我外，我很少看見生下我後母親的臉。我覺得自己只配做個沒心沒肺的孤兒。

於是我走了，走得頭也不回。可是一隻手拉我進入一間房。一個女人坐在椅上，我認出她就是送我紙船的女人，也就是我那個做了鬼的姨。

「六妹，你想清楚，是留下或是永遠離開？」姨頭髮梳得整整齊齊，顯得高深莫測。她身上散發出梔子花的香氣。我呼吸著，非常渴望在這種香氣中醉死過去。

我說：「我得好好想想。」我打開窗，下面有人影在動。

由遠而近，有腳步聲窸窸窣窣，像朝這邊走來，充滿了恐怖。姨說：「好吧，快打五更了，我得走了。等你想到了，可以在這兒來找我，記住，我任何時候都會幫你的。」

我連聲謝謝也未說，就走出了房間。

那窸窸窣窣腳步聲近了。我迅速走出過道，穿過天井時，看到堂屋裡十來個人，正在給那口棺木釘釘子。看不清他們的臉，錘子和鐵釘的撞擊使我想到：那個被釘在棺木裡的人是誰？是姨，或是我的生父？總不會是我，未來時候的我。

管不了以前，也管不了以後，可我能管著現在，現在的生活，我必須離開。院子的大門虛掩著，我一閃就跨了出去。

我來到岔路口，天竟然露出了魚肚白，已有少許行人在匆匆走著。我多麼希望有人向我走過來。眞的，誘拐我吧，如果你本就帶著危險，那就更誘惑我。

「六妹，大清早你在這兒做什麼？」母親在我身後大聲說。我還沒反應過來，母親走過來，拉著我的手往家裡走。

神祕的鏡子

從小，鏡子就令我極度不安，感覺它通向另一個世界，我朝裡看一次，眼睛就被襲上一層我抹擦不淨的灰藍色。

記不清從幾歲開始我發誓要離開家，不斷地想逃離那兒，一次一次，甚至作夢也是如此。我每次想走時，要麼是坐不上船，要麼是坐不上火車，總之難以成行。在心裡每天都在跟父母告別，每天都不能下決心離開。

有一天我對自己生氣，我把鏡子扣下，可是鏡子似乎在說，別這樣對待我。我反過來，鏡子說，你看看我，你可看到家裡的祕密。

我照做了。對著鏡子看。

閣樓的天窗在我背後，三哥的鴿子早就因他下鄉當知青而送人了。天空那兒空蕩蕩的。一分鐘過去，兩分鐘過去。

慢慢地，我進入鏡子，我發現自己怎麼在樓下房間裡。

兩床間隔著一把舊籐椅。除了床，屋裡還有一個五屜櫃和一個衣櫃。小窗終年不見陽光，被另一幢房子封得嚴實，白天也要點燈才看得清楚。屋頂有間閣樓，低的地方比人矮，結滿蜘蛛網的天窗壞了，沒人修，成了風口，吹得板牆上的舊報紙東掉一處西掉一處，老鼠在地板上跑得歡，無法住人。就如此窄小的地方，在多年前竟住下我的父母、三個姊姊、兩個哥哥！幾人擠一張床，那時只要能躺下，就能睡得好。

我回家的那個晚上，異常潮濕、寒冷，聽得見貓在瓦片上繞著天井狂奔，那熟悉的叫聲，一如多年前。我不禁打了個激靈，身體本能地貼緊母親。

母親六十奔七十了，腦子仍敏銳，她問我：「你是不是還要走？」

我蜷縮在被子裡，一動不動，不知道怎麼回答好。

母親說：「你一人在外，要多加小心。這個家，我們誰都不牽掛，就牽掛你。」黑暗中母親的臉側了過來，眼裡似乎閃爍著淚水。「你最小，又生在那個倒楣的災荒年。你爸爸被弄回來，沒了工作。我沒有奶餵你，即使有奶也不行，我得去老遠的地方上班。你連一口牛奶也沒喝過，靠玉米渣和菜葉熬粥，你命大，居然活了下來。」

父親沒有睡著，他插話：「把那兩塊大洋找出來吧。」

母親開了燈，披上衣服，下了床，從床底拉出家裡惟一的舊皮箱。她念念叨叨地找鑰匙。第一次知道家裡有兩塊大洋，是在我小時，最多只有四歲，當時父母的聲音放得極低，樣子很神祕。母親說，把大洋拿到銀行兌換，再借些錢，找個好醫院，治你的眼睛。父親說，算了，眼睛治不好。再說，去兌換不就自招幫了國民黨了嗎？

朦朧的夜色中，幾聲汽笛的鳴叫，湧入耳旁。我不必閉上眼睛，就能看見，一艘運貨船駛向長江和嘉陵江的匯合處，一個年輕的水手把纜繩扔到躉船上套牢。這個水手，在幾年之內，當了二副、大副，到了一九四九年，已是一個拖輪的船長。

父親說重慶臨解放時，風聲很緊，船溜的溜，人跑的跑。軍隊抓住父親的船，運軍火上溯嘉陵江。那時長段江岸已有解放軍出沒。父親知道推脫不了，就用棉被包裹身體，僅露出眼睛，從江上第一聲槍響時，他開始大拐「之」字前行，以躲避炮彈和如雨的子彈。

血濺在駕駛艙的玻璃上，押船的士兵慘叫一聲，不知是嚇得跳下河還是受傷了抓不住船舷跌下去。父親既緊張又害怕，全神貫注地開著船，軍火隨時都可能爆炸，他就等著閻王把他帶走。

當父親從千瘡百孔的船上人不像人鬼不像鬼地下到沙岸上，等候在那兒的軍官掏出兩塊大洋給父親。就在當夜，這一帶地區被解放軍佔領了。

母親把皮箱裡的衣服往上放，一件暗紅藍花的雙層綢質旗袍，在一疊布衣中非常醒目。我彎腰取過來，覺得曾經見過：多年前，在家裡看到過一張發黃的照片，有一個穿著這件旗袍的女人，跟電影裡的女人一樣好看。那個好看的女人就是母親，只是當時不相信是她而已。

母親抬起臉，看了我一眼說：「你要喜歡，就給你了，城裡名裁縫用手工做的，大小也許正好合你的身。」

我摸著母親這件珍惜的衣服，她幾十年沒機會穿，竟像新的一樣，袖口和開衩，一針一線，均勻貼切，右襟邊的絲紐扣，更是做得玲瓏。

我對母親說：「不必找那兩塊大洋。」

母親卻不理會我：「你爸爸讓找就得找。」

重慶全是解放軍，城裡城外到處是五星紅旗和歌聲，解放軍接管了整座城市。很快公私合營，接著肅反開始。有人捎來口信，母親急著去監牢看大姊的生父袍哥頭，沒能見成，說是已經槍斃掉了。母親那天從江邊回來，就病倒了。

因爲父親和我的母親生活在一起，運動一來就引來麻煩。輪船公司的軍代表對父親說，你竟然敢和國民黨軍隊合作，在我們解放這個城市時運軍火支援蔣家王朝！原來被捕的國民黨軍官說出那艘船和那個不怕死的駕駛員，幸好他忘了說那兩塊大洋。軍代表訓斥父親：你還娶了一個袍哥頭的老婆，收留反革命的後代。

父親對母親說，我有千張嘴也說不清，衝不過去沒命，衝得過去也一樣沒命。那年，先讓他停職寫檢查，然後關起來。那個房子是個臨江的吊腳樓，他凝視江上一艘艘日夜行駛的船，他的眼睛是從那時開始不好。災荒年時眼睛扎針似的痛，最後從船上跌下江裡，送進醫院，查出了眼病，他的視力已到了不能開夜船的程度，被勒令離船回家。可以想像，父親一生愛船，離開了船，他還能看見什麼呢？

母親從箱子裡拿出一個包好的衣服，揭開來，是一層層白綢，兩塊銀元，色澤相當暗淡。

我合著綢子一起接過來。冰涼的綢子觸及我的手，感覺到兩塊銀子沉甸甸，右邊的一塊有個小缺口，有點烏紅，像時間烙上的印記。

當過嬌太太的母親，在生下我後，因爲父親眼睛有病，就只能出去做臨時工，給人洗衣服，當保姆，在建築工地抬石頭和氧氣瓶。有一次，母親病了，從跳板上栽到江裡，被撈起來，她第一句話就是：我還能抬。母親怕失掉工作。

我們住在一個爛朽的大雜院，鄰居差不多都是走船的，都漸漸搬走了，船員甚至看躉船的人都可以調換到一個條件好一些的房子，不用花一刻多鐘上公共廁所，也沒有附近菸廠吐出的汙氣，衝著我們的耳膜大吼大叫。風雨之夜，天井堵塞，雨水浸入房內。下鄉的哥姊能不回家就不回家，這個鬼地方，街髒得無處下腳，無論是醫院，還是菜市場和郵局，包括渡船公共汽車站，都離得遠遠的。

每年春節的團圓飯自然吃得不歡而散，父母知道他們的處境，在兒女面前直不起腰，不管兒女如何抱怨自己生錯了家。

包括我在內，以前沒誰看得起父母，覺得有這樣的父親就是一生前途無望的原因，升學、就業，更不必說參軍、入團、入黨和當官。他們很少回這個家，各顧自己艱難的生活，甚至彼此很少往來。誰都有理由，誰都可以把自己的失意和不順歸於這個家。除了父母，幾乎沒有一人喜歡我，鄰居、老師、同學；多少年來，我的心不也和我的哥哥姊姊一樣麼？

父親這時從被窩裡坐起來，說：「給我看看大洋。」

母親替他披上衣服，他咳嗽起來。我過去給他捶背。他眼睛睜得很大，直盯前方。一雙枯瘦的手，長滿老年斑，輕輕摸著銀元的邊角，一手拿起一塊對敲一下，仔細聽那聲音，說是眞的。他的表情平和，安詳，幾十年來，他都這樣對我的母親，對他的孩子們，對身邊的每個人，對那些朝他無窮抱怨的人，連一句回應的話也沒有。

父親對我說：「到哪裡，都得有幾個應急的錢，這點銀子能用上，也就值了。」

他把兩塊大洋放在我手心裡。

半夜，母親翻過身來，掖了掖我被子的一角，手輕拍著我的背：「好好睡，六妹。」

我無法入睡。爲了使母親安心，我閉上眼睛。

清晨來得既快又早，我輕腳輕手起床。從包裡取出母親給我的旗袍，裡面夾著被白綢包裹的兩塊大洋，我把大洋拿了出來，貼在臉上，這是父親用命和一生的痛苦換來的，曾一度，不，一直在主宰我們一家人的命運，還是讓其陪伴父親吧。我輕輕把它們放在桌子上，拿了白綢放在褲袋裡。

父母熟睡著，發出均勻的呼吸聲。我提著行李，輕輕拉開門，邁出院子高高的門檻時，腳步稍稍停頓了一下，但是我沒有回頭，我不能回頭。

突然有人敲門，我一下子從鏡子裡回到現實世界。是五哥上來取床上的木柴。他取了木柴就下樓了。

我看著鏡子，鏡子還是鏡子，如果我拉住五哥，告訴他剛才我從鏡裡看見了以後發生的事，他一定不相信我。要麼他會說我在作白日夢。

結果許多年後，我真的得到了父親用命換來的兩塊銀元，母親用白綢包裹著。我留下銀元拿了白綢，幾乎是一路跑到了江邊，乘第一班輪渡到對岸。江水搖盪著船，浪花不時湧進艙來，旅客馬上跑開，以免濕了自己的鞋。我一動不動，任江風吹拂著我整個身體。

把木板架在長江上

小時讀別人的文章，父親是背影，背影會越變越小，最後成爲一個黑點兒。我從那兒出發，去想像另外的點。黑色，比其他顏色都更美。

我是個野孩子。爬樹，鑽山洞，攀懸崖，隨時都可能一失足落入江裡。越凶險、越刺激的事，我越喜歡。父親從未管過我，他總是沉默。我一旦做危險的事，就覺得他的眼睛在看著我。這時我總是懷疑他不是瞎子，他還是那個能穿透江霧的把舵手。

我的夢是一片黑色。

父親與浙江老家的親弟弟相逢，在春節前後。這是大半個世紀裡惟一的一次。他一九三九年被抓了壯丁，行軍經過十一個省，最後部隊撤離時，他做了逃兵。之後在重慶船運公司做了水手，在長江上走過多少來回，卻從未返回家鄉。後來眼睛瞎了，回家鄉也沒有用了。

父親去年八十一歲，我的叔叔七十六歲，在重慶南岸，臨江而立的白房子裡，他們度過了半個月。分手時，兩個人抱頭大哭。我活到這個年齡，從未見父親哭過，但我相信他眞的有理由哭泣。他們的語言用哭表示，江水在那時清澈，河床枯乾，拿一塊木板，就可以輕易地游過長江。父親想念不想念船？

如果是一九七八年，我還只是一個十歲的小女孩，我就會拿著木板，架在枯乾的河流上，讓父親和叔叔過河去。這樣渡江，對岸一切都會變，似乎已不是一個有巨型船隻的朝天門，也不是一個有巨型廣場的朝天門，更不是一個越來越像香港的重慶。我們三人不時移動木板，從一個石礁到另一個石礁。對岸在變化：石坡陡峭，有廢棄纜車的朝天門，有生父扔下我時的那張像僵凍人的臉，有母親絕望的愛情，還有我十八歲時逃離家的決心。那個調運船隻泊點的小亭，擴音喇叭一響，兩江三岸都聽得見。

在岸那邊，父親和叔叔在哭，霧重慶包裹住他們的身影。我喜歡會哭的人，但我不喜歡父親哭。父親哭，因爲心裡裝滿了祕密和委屈，連親生弟弟也不能說。

他渴望我長大，希望我長得很聰明。他駛船經過一片山林，在一個山寨崖邊。那兒的水綠藍，清澈透底，他說過，你就是那兒的魚，不會叫，但誰看了，誰都會和你一起顫抖翅膀。

夢不是夢，夢裡我是清醒的，清醒得舊事一件又一件翻了出來。父親，每個人都知道，我並不是你親生的，我是個非婚生女兒。我的那個家曾經爲了我，鬧成一團，鬧上法院。

父親應該想過不要我，甚至可能希望我死掉。我不存在，他會快樂得多，但他沒有做他想做的事。謝謝父親最終讓我留在家裡。而他有多少次機會可以悄悄地把我悶死，但他不願意；他有多少次機會可以告訴我，我不是他的女兒，但他不願意。

幼年，我的夢曾一再重複：父親是一個持菜刀的人，有時他就躲在我的床下。有一天母親不在，當時閣樓已經坍了一部分，正準備修，晚上一家人擠在樓下父母房裡。夜裡我大叫著醒來，心裡嚷著：父親不要我！卻一個字也說不出，只有哭，每個人都被我恐怖的哭聲嚇醒。父親在另一張床上，安靜地說，都睡吧，天就快亮了。

我記得，夢裡父親把我扔在街上。

雨聲滴答，時間滴答，我將熱麵浸入冰水裡，做涼麵。麵條細長，筷子挑到手直舉的時候，也沒有見到尾。我摸了一下臉，滿臉是水，鹹鹹的。

兩個古廟，一個改成小學，一個改成中學；一個在坡上，一個在坡下。小學的廟裡夜裡有鬼出沒，白日上課也可聽到怪聲。音樂教室有粗大的鐵繩，懸在梁上，自動捲曲。父親這天帶我到小學轉，說再有三天，你就會坐在教室裡。那是緊靠辦公室的一間，掛著一年級的牌子。

「這口井裡的水，以後千萬別喝。」父親叮囑。

「別人喝，怎麼辦？」

「你別喝就行。」

「喝不得？」

「就是，你喝了就會兩腳生根，記住沒有？」父親不耐煩了，「你長大得走他鄉，才有志氣。」我們站在山腰往江邊看，江心沒有船，他抬手遮住刺眼的陽光。

好多聲音湧過來，我的耳朵在分辨，在盼望有一個聲音是父親的：

我親愛的孩子，你別傷心，雖然你不如從前憂鬱，雖然你的面容用了各式表情偽裝，雖然你以愛容忍恨，雖然你一天三餐都把讀小說當飯吃，雖然我什麼也看不見，雖然我是一船水手中惟一上過小學的人，眼睛未完全壞掉時，可以把一張報紙看懂，眼睛瞎了以後，我靠聽收音機知道世事。但是，我知道你，我知道你有一天會寫我們家。你沒告訴我，但是，我知道。

父親是該說的話不說，我是不該說的話說盡。螞蟻似一根線地排著隊回家，孩子們嫩聲唱著歌謠，而我每次回家其實就我一人，哪怕有成群的人，我也不過只是一個魂。父親年輕時的模樣，瘦瘦的臉，滿是汗，從江邊乘輪渡回家。他氣喘，停在半山坡。我聞聲趕去，竟然會與他錯過。

他從床上起來，八十歲的瞎子，他還能照顧自己。他蹲在他的臥室門前。他吃飯，菜和米粒從不灑落在地板上，他拒絕喝湯，自己倒茶，自己穿衣穿鞋洗臉洗澡。

誰又能說父親的血不曾流在我的身體裡？多年前，父親蹲著做家務，說，船上的人都喜歡這姿勢，船在水上行駛，蹲著最穩，最安全。

父親會發瘋，父親有錢，有權，有頂天立地的威嚴，可以寫封信給偉大領袖或統帥，報告人民的疾苦冷暖或上下級幹部的不軌行爲。父親打過小日本，有警衛和日本小車，有砸爛舊世界的勇氣。脾氣上來時，一個女兒一個女兒地狠打猛踢。文革中整人報私仇，惹來一身禍。文革後搖身一變，大喊冤枉。

這樣的人還能是某個人的父親？多年前，你看著我，大笑。

機艙裡，我戴上耳機，調到音樂台。電影《尤里西斯》裡的音樂，一個女人的清唱。父親，電影裡那個無家可歸的男人是你。你在江邊看見一場屠殺，你喜歡過的一個女孩，也在霧氣騰騰中中彈。她就是我。我死於你之前。二十年前的文革武鬥，三十七年前的大飢荒；一年前，現在，就是現在，在這個大城市郊外，對整個人類的絕望。

人生下來，就是隨時可以消失的鬼魂。

那個奇怪的夜晚，那是第一天。父親，我不知道他實際是你派來的——讓我有一個愛我的男人，讓我有一個値得愛的男人，直到我老，直到我死。這是你和生父合夥做的惟一的一件事，由此你們不再欠我什麼，由此你們都只是靈魂陪伴在我左右。

我欠你，像我欠生父，像生父欠你。也許，你也欠生父，你擁有了他最愛的女人，爲了你，他離開了你和母親，他是愛的犧牲者。

好了，當我們都不在世上，我們都是一絲魂在飄遊，我們眞的可以心平氣和地說，我們誰也不欠誰。

我一直在找父親，不知父親就在身邊。

我一直在渴望釣魚，不明白魚已在我手裡。

父親是漁人，他坐在江邊，魚竿由山上的竹子一節節套成，伸得很遠，頂端顫顫悠悠，又細又嫩。我那時盤膝坐在一旁，我們中間是玻璃瓶子，裡面是活蹦亂跳的小蟲子。

「鯉魚釣了，得放。」

當時正和我所愛的人在一起，這話從愛人嘴裡說出時，我大吃一驚。

不同的人，相隔太長的時間，相隔半個地球，一東一西。

鯉魚最具人性，通神。

我正眼看三十多年前長江上那個女孩的身影，臉紅心驚。鯉魚跳龍門，所有古老年畫上你都可找到它。點香敬菩薩時，還願，就還這個願。回家提醒父親，父親說，正是。你已經看不見任何魚了，那滑溜溜的魚竿在哪兒？我們喝過魚湯嗎？

不記得了，可能你從來都將魚放回到水裡。

魚是你回家鄉浙江的願望。從重慶向東流，在上海黃浦江打個回轉，躍上天台山，游到你家門前的池塘裡。

我想看見父親，像我此刻怕看見他一樣。

你一直不是我的父親，是一個陰影，我習慣在陰影裡的舒適。父親會死，雖然都說你萬壽無疆。我忍受得了分離，無論是父親或是心愛的男人，我第一次在男人前面加「心愛」，從來，人們都認爲我是個女權主義者，要滅絕天下壞男人（男人的三〇％）以及不壞不好的男人（男人的七〇％）。我奇怪我會突然大轉彎，莫非出現了奇蹟？

有陰影的父親，不是我的父親。我的父親姓陳，我從小就把「陳」扔掉，好像故意做給父親看；他不喜歡我，我也不喜歡他，起碼我可以把他的姓遠遠地拋開，讓它別跟著我，讓我發慌，讓我愧疚。我選擇我要的姓：虹——淫奔他鄉。

我選擇。

追本溯源，我應該跟生父姓孫。如果更確切些，那麼生父也是隨母嫁到孫家，生父的生父姓李，那麼，我原本是李家後代。

我的婆婆——生父的母親，我們見面，我告訴她我既不跟著姓陳，也不姓孫或姓李時，她連連說，好好，跟自己姓。那天，她哭了，在餐館。在這之前，我帶著所愛的人去找她。沒有燈，雖是城中心，也跟南岸一樣又潮濕又骯髒。天熱，茶館重新開張。循石梯朝下，拐進窄小的過道，上梯子。麻將桌邊，所有人全像鬼魅。

絕對是小說，我回頭對身後的愛人說，爲了輕鬆點兒。一個私生子來認親婆婆，這麼多年的風浪，幾句話就能平？

他讓我專心。

我已到達了頂樓，問婆婆的名字。裡面確有一老人，她呆坐著，但五官細眉細眼。點的是十五瓦的燈。她只搖頭，不認我。我退出時，發現房內有一窩貓，純白，有一股濃重的貓味。梯子上也有，肉乎乎的，我怕踩著，驚慌地下梯子。

在整條小巷跌跌撞撞找了個遍，也沒有我的婆婆。

他說：「認命吧，還得讓你母親領你。」

我無可奈何地點頭。

母親第二天帶我去，就在那個貓主人隔壁。長相與貓主人兩樣，大眉大眼。但老遠一見我，就伸過手來，把我握住。

第二年我回重慶，母親說：「你婆婆走了。」在我看望她不到半年後，我相信是眞的。雖然她曾經在我嬰兒時，見過我許多次，但我記得的惟有一次。與生父一樣，似乎一次就是一生。而父親養育我有十八年，我們幾乎早晚在一起，我也沒有意識到那就是在一起的感覺。

重慶老家，舊院子地基上蓋了一幢白房子，殘留著的只有開紅球花的樹。這花吐出毒氣，市政府一再說，要在全市清除掉這樹。這樹一旦清除，老家就什麼也不留了，而在江旁的捲菸廠毒氣更大，但附近居民不抗議，抗議了也沒用。

那兒天空灰濛濛，陽光白得刺眼。

在我還未選擇姓虹時，天空要清爽些。

虹在天上，父親可能會望見。他仰起頭來，下過雨後，江南北橫跨著七彩，它是我的名字，可惜，他望不到。

從我開始習慣姓虹，我就沒有意識到父親根本看不見我。在早年，我在他眼裡就是不清晰的。他眼睛瞎了，差不多二十年，沒有看見過我，而我卻時不時能看見他，感覺到他。他的眼瞎，是上帝的禮物，重重災難後的意外補償。他惟有超人的感覺，感覺是不可以遺傳的，我們沒有血緣關係，但這感覺卻是他給我的，當我還是一個嬰兒時，他沒能力讓我吃飽，卻讓我感覺滿溢，有感覺才有痛。

父親走了，我在搜索父親的足跡。父親也會搜他自己的足跡。我對父親說，你應該出現，你從來也沒有這樣不理睬我。

我必須清理掉你的衣服。

包括家裡那張有架的繃子床。

不時有拖著行李的人奔向服務台買磁卡，而電話機前排隊的人神情全一樣：煩躁，身子扭動，沒有誰的外表有我安靜。

我要砍掉那床，扔掉。

我在心裡對他說，你會笑我，我從來都騙不了你。我小時想在上面睡覺，你和母親不允許。

但這是北京，你從沒到過。我在北京時，你說你經常夢裡到北京——擔心我會險遭不測。如此一想，你還是會來北京的。長江沿岸我都去過，我會陪你一起去。

我埋下頭，把所有人說話的聲音拋開，只留飛機起降的聲響。我聽著，聽著，父親在修理繃子床，用牢實的麻繩仔細穿過檔頭的小孔。這是他和母親結婚後第一件傢俱，紅木，幾十年亮晃晃如新。掛上麻紗蚊帳，哪怕蚊帳上補丁成群，也使陰暗窄小的房間帶著希望和溫暖。萬縣，長江中游的一個小地方，朋友送床給他，他不收，朋友只好說，折價賣給他，讓他不肯接受這禮物的心安些。

父親還是不同意。

「嫂子會喜歡。」朋友說。

這句話決定床的命運。綳子床可拆，父親的船運它回家，母親哭了，因爲激動，因爲驚喜。

母親哭了，這次是由於我去爲生父建墓。今年五月，天氣沒有這麼悶熱難忍。

天亮前就得動身，經過個體戶早市，馬蹄蓮白中帶青帶綠，一籃全買，第一次在集市上沒有討價還價。天在下雨，下雨好，母親夜裡說。一夜的話都沒有說完。那時，重慶的雨沒完沒了。母親聽了我的抱怨，說舊曆三月天，桃花天，雨下得人軟綿綿，男人走，要女人牽。

在石橋廣場等朋友的車，車也是白色。

雨時斷時下，我在背叛你，父親。

我的臉紅了，當清晨我在他房門前穿過；我的眼睛蒙上霧，我不敢正視他，哪怕他所在的方向。街上沒有剃頭匠，他的鬍鬚應該刮了，頭髮不長。他看不見我給的是什麼藥，卻能分辨是哪種藥，放入不同的藥瓶，他的手和心的感覺不會將藥片弄錯，什麼是感冒時吃，什麼是氣管發炎時吃。他沒有別的毛病，但他一定知道我將去看生父，那是一片荒地，要半天快速飛車。那荒地卻臨江依山。當深夜我回家，他什麼也沒問，他從來就不問我去哪兒，可我趕緊躲進母親的臥室。

穿好衣服。

吃了兩口稀飯。廟堂改建的小學，依然用鐘聲作上課信號時，我剛背上書包，父親只是說：「快跑！」

快跑！此刻，他帶領著我在黑暗的世界穿越，他熟悉它勝過我，我總是懼怕它，免不了大叫大嚷，他教會我與它較量，而且不失去自己。獨獨失去他，失去他蹲在地上爲我做學算術所需要的小棒，他幾乎是閉著眼睛在用刀削。這個世界給我的第一個印象不是別的，而是：我的父親眼睛不好。

「陳瞎子。」這是鄰居給父親的外號。

我恨那些人，像我愛這個男人，他出乎意料地讓我心動，一再打定主意：決不離開他。他的皮鞋比他的臉先吸引我，然後突然有一天，我在衣櫃裡發現，我有一根皮帶，和他的一樣，他的大，我的小。

陽光強烈，已經幾個月了，這個夏天會持續到秋天，可能還會到明年，他會一直遮上窗簾，或讓我遮，他關門。我們的房間裡到處有鏡子，我們彼此看得見對方的身體。我們的房間到處都有燈光，以至於他能在夜裡看見我。在別人身邊我睡不著，在他身邊，卻是一個夢也沒有。沒和他睡覺前，我曾夢見他。

第二天早晨，這是我和他說的第一句話。

「什麼樣的夢？」他遞給我又一杯番茄汁。

「我們在我老家重慶，到處找餐館，這個你不滿意，那個你也不滿意，我餓得厲害，但你仍然不肯進一家餐館。」

他含笑看著我。

總作同樣的夢——重慶，夢和記憶是一致的。在重慶我總是迷路，在未遇到他之前，我總是如此。父親在長江上，他的船消失在夜裡，有時是一片風雨中。他既是船長，又是領江。他開過最大的一條船，是客輪，從重慶到上海。那次，他本可以接近家鄉浙江，但船過三峽，在武漢就動不了了，機械問題加上政治問題。全船旅客移到另一條船上，船員則開始整頓檢查。

武昌魚在江水中跳躍，父親用岸邊的蘆葦做了風箏的骨架，用地圖糊上。風箏向東飄，突然直線墜落，掛在一棵樹上。那天，父親的筷子沒有動過餐桌上的武昌魚。

他一頭栽進長江，游到江心，就仰泳，身體飄浮。眼睛耳朵，嘴裡心裡，全是水。

她原是個接生的護士，有個孩子六歲，丈夫到農村搞調查，飢餓加上得病死了。父親缺乏營養，連日連夜加班，手一鬆，雙眼冒金花，從船上掉下江，被送入最近的縣鎮醫院，她與父親認識了。

母親與生父在山上，剛下班，身上的汗把頭髮黏連。他們還不是情人。母親說得請假去看丈夫，他出事了，頭摔壞，醫院檢查出眼睛也有問題。

母親看見護士，對父親說，她不僅僅是護士。

父親受傷不輕，沒有回答。

母親去拜訪護士，護士沒有想到。母親發現她的床下有父親的布鞋，屋外曬著男人的衣服。那布鞋是母親一針一線做的，母親不嫉妒一個比自己年輕的女人。

母親走了。

父親傷好後，眼睛確認不能再在船上工作，回家。母親收到過一封信，是那個小縣鎮寄來的。母親拆開，但不識字，在大街上找人幫著看。信寫得很短：

「你走了，我和你乾女兒不習慣，好想你。你什麼時候再到鎮上？」

父親沒有回去過。

母親在事過三十多年後，還記得這事，我眞想知道父親怎麼想。母親說父親把工資的一部分給了那母女倆。母親說她們也可憐。但母親告訴我的意思其實是，是父親你先有外遇，否則她也不會愛上我生父，自然也不會有我。

自然也不會有我爲生父建墓一事。

生父的墓，在清晨六點做過道場後開建。道士先生先看了日子，選定了這天。辦喪的人一路可見。結婚也一樣，也要好日子。母親一生只有過一次婚禮，卻有三個丈夫。

我把馬蹄蓮撒在生父骨灰之上的亂石堆上。我爲他要說的話全在自傳裡，他是識字的，我燒了一本自傳，火焰包裹著書，燃得很慢，風和雨對火速絲毫不起作用。生父在讀這本書，本來就是獻給母親和他兩個人的，只爲了顧全生父一家子，他的妻子和兩個兒子。也因爲如此，墓碑上我只能用一個字——虹。村子不大，有池塘，有竹林，也有紫紅的玫瑰。村子裡的人看熱鬧，竟有三人站在雨中與開車送我去的朋友閒聊。

「那眞是他的女兒啊？」

「長這麼大。」

「這女，命眞慘，從小媽就死了，爸又跟別人結婚了，窮得要命，到處欠債，爲了她的生活費。眞不容易，長這麼大。」

生活眞比任何小說眞實。我站在地鐵的出口，陡峭的電梯足足好幾分鐘才將我送上去。

我已經遲了好幾分鐘，已經遲了好幾十年，我愛的人還在等我，非常憂鬱。

我沒有哭，只是說，我已經很安靜。事過許久，我才對他說，那天，我從地底而歸。

他張開雙臂抱住我，像抱住所有的過去。飛機在重慶降落，乘計程車直奔南岸，遠遠聞到辦喪的樂聲。深夜了，如同白晝，父親如我想的一樣，只有骨灰了，火葬場千千萬萬無親人陪伴的大小盒子中的一個。

而所有參加葬禮的人，全在街邊火鍋店熱熱鬧鬧吃火鍋。樂隊仍在，演唱的全是歡快的歌曲。

我受不了如此悼念的儀式。這樣的儀式安慰不了我。

奔喪到目的地，我卻閃出看熱鬧的人群。我走下石階，到江邊去，到水裡去。讓我成爲你的一條魚，你釣著又放回的魚，你以你的走，讓我從此自由。

這時，我感覺手被一隻有力的手、熟悉的手握住。

父親終於出現了，我看見了父親。

他領著我，夏日江面比我春天走時寬，江水黃，香菸廠的巨燈照著的部分，濃黑濃黑。

遠遠的炮竹聲已聽不清楚。

我這天起床已是上午九點。昨夜紅白酒混合喝，頭很重。到書房，放了一盤零度音樂，音樂是回聲，沒有任何故事。

我突然明白：父親，不管是生父或是養父都沒有拋棄我而先走，如同我從未離開過重慶，也從未去過北京或其他地方，如同我從未愛過一個男人一樣，我的一切簡單如零，彷彿一切都像是一部有意虛構的小說。

我不知我生活的原來面目，也不知我自己是誰。我只知道我需要長大，快快長大。

〔篇外A〕

母親遠行

我披麻戴孝，凝視母親在江岸上越走越遠，我拚命地叫她，她不應，卻是一個轉身，到對岸，我再也看不見了。

母親早就想從這個世界走開，她一再延遲，因留戀我們這些和命運掙扎的女兒們——知道我們受苦的根源，心裡裝著辛酸，恨一個人又不能，丟棄一個人也不能。那年母親得了絕症，醫院拒絕收下，被接回姊家中，處於死亡邊緣。我急著趕回，日夜照顧她，配製藥方，同飲同睡，不斷說話。一週後她恢復了人氣，有了聲音。

以後數年，有三次接到國際長途：母親突然尿流，不醒人事，被送到醫院搶救。回回我都膽顫心驚，呼喚母親千萬不要離我而去。

五年前的十月，母親下了決心，沒有等到我趕到她身邊，就咽氣閉上了眼睛。

好久也未夢到母親了。來義大利深山中度假，我在一個夜晚的睡眠裡相遇了她。雲霧繚繞，闗明半之中，母親和姊姊們往山上爬，那兒有一條小溪，母親回過頭來朝我看。我醒了，翻身坐起，滿臉濕透。

記得她去世前一個月，就在我生日之前，她在舊木箱裡找了好一陣子，遞出一頂粉色白色相間的嬰兒小絨線帽。我沒想到，呆了好幾秒才去接。絨線帽從未用過，存放箱裡年日久也，不那麼純白，有股淡淡的樟腦味。

母親看著我，眼神裡有一種神祕的期盼。

這是爲何？我想來想去，不明白母親的心思。

我怎麼會明白呢？

那之後我回到北京，不想吃東西，身體虛弱，流汗，想睡覺。如此過了些天日，例假不來，愛人逼我去醫院看病。一向討厭去醫院，拒之。又過了些天日，心裡有點猜測，但不敢相信。深夜，愛人把睡著的我推醒，讓我測試懷孕紙。我去衛生間，按照說明書做，緊張地盯著紙上，慢慢地，紙上出現了兩道紅線條——陽性。我大叫一聲，喘不過氣。愛人跑進看測試紙來。

我們望著對方，半天不說一句話。

第二天一早去醫院，一查，證實了懷孕。走出醫院，想起離別母親時，她送我絨線帽的意義，明明是在說她要離開人世，一向孤絕的我會更孤單，她要我有個伴，有個孩子。她要我當母親。天哪，我就要當母親！喜悅的眼淚不由自主地流了下來。

童年時常常對著灰暗的天花板，想像雲彩飄浮在藍天，那更遙遠的世界。隔岸的燈火很難從窄窗裡映出。母親的身影，也非常孤單，偶爾她微笑著接近我，我感到心安。回想起來，母親不太愛和我說話，舉止總是帶著暗示，如同她告別我時，也帶著暗示。暗示就是詩，就是藝術，未曾受過教育的母親，並未讓我失去這人生最重要的一環。

我懷抱孩子，在落地窗前靜坐，想念著遠行的母親，孩子的頭上戴著粉白的絨線帽。夕陽中四周山峰上白雪依然刺眼，山腰飄著雲霧，很像那個夢。

在我與孩子的身後，是一面古老的雕花大鏡子，裡面映著牆上母親和我的黑白照片，那時我三歲，雙眼緊盯著前面，充滿恐懼；母親呢，她鎮定，嘴角帶著一絲微笑，似乎在和這個世界說，無論有多大的難處，我也要把這個孩子帶大成人。

無論離別怎樣傷心悲痛，我都不會哭

每個星期只能見母親一次，每次都想引起她的注意，更想討她的歡喜。好多次，都走很遠的路，去山裡人家「偷」摘太陽花。它紅得透亮，又柔弱憂鬱，很像孤單無助的我。

小心翼翼地帶回家，有時天色很晚，看不清陡峭的山路，會摔跤，弄得鼻青臉腫。母親看見我，就指責我不落家，像一個野孩子。她連看都未看一眼我手裡的花。

我去找小藥瓶子——往茶色玻璃瓶裡盛了水，把花插好，放到離母親的床最近的五屜櫃，希望她生氣過後能看見。

爲養活我們，母親做體力活，像男人一樣在水泥沙壩裡抬石頭和氧氣瓶。每每她到家，吃完飯必躺在床上，不一會兒就打起鼾來。

幾十年後，有一次我們離別時，母親很傷心，眼睛紅了，可是她忍住，自言自語：「不能哭，哭了，以後我死時，我們就不能再見。」

可是我哭了，淚水直掉，我說起太陽花。
母親拉起我的手，到陽臺上。
我看見了那角落有一盆太陽花，正朝有陽光的方向開放著，非常吃驚。
「想你的時候，我就看這些花。」母親說。
原來母親什麼都知道。也是那天她告訴我，她從小到老都喜歡太陽花，不過她喜歡叫它半支蓮，她說，這種花對咽喉不舒服、被火燙傷都管用。

我在二〇〇六年十月二十五日傍晚得到消息，便從北京心急火燎地乘飛機往重慶南岸老家趕，在上飛機那一刻打電話給姊姊們，母親已說不出話來，姊姊們把電話放在她的耳旁，我要她等著我。「千萬等著我，就等我兩個半小時，我就到了你身邊！」電話那邊沒有聲音。
等我夜裡趕到老家，母親已躺在冰棺裡，潔白的花朵圍繞著她。姊姊們告訴我，母親聽到我聲音落下了最後一口氣，閉上了眼睛。
母親，我晚了整整兩個半小時，沒有來得及與你告別。這是我的錯：以前與你離別時不該哭。
失去你的這些夜晚，我皆在黑夜中尋找你，帶著這種從前一次次獻給你的花，繼續尋找你，有一天我一定會找到你，那時無論離別怎樣傷心悲痛，我都不會哭。

二〇〇八年五月

帶女兒到重慶參加德國文化週活動，也想讓她去給外婆外公上墳。我們到達重慶已經是五月九日傍晚五點，車子在高速公路上邊堵邊走花了一個多小時。等我們到時，親戚們早就在希爾頓飯店等我們了，還有從四川鄉下特地趕來的表哥。

等我給女兒收拾完推車出來，大家一起朝奇火鍋走去時，天已完全黑了。路燈之下，重慶中山路變得面目全非，只有那體育館還在原位置，其他都不認識。車子多而快，全是欄杆，只能從地下道到對面馬路。我們抬著童車，那地下道還有鮮活人氣的小店和小攤，上了一大坡石階就是著名的奇火鍋。

突然相見兩大桌親戚，女兒很興奮，她四處都要瞧瞧。二姊抱著她，滿足她的心願。我在家排行老么，我的孩子輩份高，姊姊的孫子得叫僅一歲的她小姨。

第二天上午我沒有活動，按計畫，我們去給南岸蓮花山公墓的父母上墳。計程車從長江大橋經過，我對女兒說，現在是雙橋了，以前媽媽在重慶時，只有單橋，而且只有這一座。她大睜眼睛，聽我說。過了橋，媽媽帶你去看外婆外公。

天氣熱到三十五度，女兒卻一直安靜，等我們到蓮花山時，哥哥姊姊已早在那兒了。女兒只要父親抱，他抱了一段，她就把雙手伸向三舅舅。越往上走，女兒越顯得高興。

父親過世於一九九九年，一般在重慶時，我都會去看他。母親兩年前走了，與父親葬在一起。我飛回重慶奔喪，母親下葬時我已近臨產期，就沒有回去。

菊花放在墓前，兩盅黃酒擺上。我抱女兒給父母鞠躬，她很嚴肅，三哥給她三支香，她雙手緊緊拿著。我一向靦腆，還未說話，大姊就對父母說起來：爸爸媽媽，你看六妹也帶著女兒來看你們了。

我帶著女兒來了，認祖歸宗。媽媽你會喜歡她，如同我未知懷孕時，你就先知，把箱裡的嬰兒帽遞給我，那時你已病得人脫了形；爸爸你也一樣，你善良，一身正直，富有同情心，你們給我的愛讓我終生受用。看著山下長江在靜靜地流淌，我突然想到，我和你們終於和解了。燒香完畢後，一家人分著供品吃，一瓣瓣蘋果一串串葡萄。輕柔的風吹拂著衣裙，樹間的小鳥唱著歌，一家人合影。

當天下午和翌日我都參加活動。活動一完，我們就往機場趕，晚上七點半的飛機，夜裡十一點多回北京。

第二天下午兩點二十八分，我坐在電腦前寫東西，感覺到房子在輕微搖晃，不到兩分鐘接到電話，說是重慶地震了。我馬上打電話，不通。一直打，一直到三個小時後，才得知是四川汶川發生大地震，在四川的家人都無事。若不是我們臨時改機票，會是這天下午四點半正好在從城中心去重慶機場的路上，那兒感受地震會有五六分鐘之久，孩子大人都會受驚嚇。

感謝父母在天之靈保佑，我們全家人平安。

一一回想過去的那些天，視線漸漸落在我們全家人一張黑白集體合影上：女兒想著什麼似地看著前方，我抱著她也注視前方，身後我的家人們分三排在父母墓碑石階前，他們有的微笑，有的很憂愁，大都跟我孩子一樣，略有所思。

我不得不承認，就是這張上墳的照片，濃縮著這個五月最後的寧靜。之後，地震吞滅了五萬多位鄉親，從此我們的心堆滿了無法推開的悲傷。

小小姑娘

二〇〇八年五月

〔篇外B〕

我的女先知西比爾

西比爾出生時，一陣巨風和沙塵劃過這座城市上空，時間是正午。母親比父親晚幾秒鐘擁抱西比爾，父親說，西比爾雙手皆六指，讓他想起英國安．波林王后，生了個女兒，日後成了英國史上最成功的君主伊莉莎白女王。

西比爾曾出現在母親的詩歌裡。時常在她的夢中出現。埃涅阿斯說：不管你是女神或是受到神祇所愛戴的凡人，對我而言，你將永生受到我的尊敬。西比爾說：我不是女神，我無權得到祭祀。我是個凡人。不過，要是我接受了阿波羅的愛情，我可能已成了神。如果我答應做他的妻子，他就會實現我的心願。令人遺憾的是，我拒絕了他，我的青春和青春的活力早已消失。我活了七百個年頭，我的身體日益縮小，有一天，我將小得讓人看不見，可我的聲音常在，未來的時代會尊重我的說話。

好些年母親都在等著這位女先知，世上大半人都因此誤解她，憎恨她。所幸的是她在山洞裡認識了自己的名字，一個橡樹枝沾著露水，寫在葉片上，從海上飄來，停在這兒。

這是最美的五月，有比丁香和欲望更強烈的記憶，五月之後的六月，有比不生不死之命更值得呼吸的現實，這不是籠子也不是神聖的鐵塔，西比爾落入水中，她划動著四肢，搖著頭，喊道，我要這瞬間。

而我，作爲母親說，我這劫難無數的一生，只想要你，西比爾。

小小姑娘

我的女先知西比爾

心愛的女孩

你一歲時，媽媽看了一本書《充滿奇幻的一年》。一個美國作家寫的回憶丈夫臨死前後的事，很悲傷。只是印書的紙和內文字體媽媽不太喜歡。書裡說到印度寡婦爲丈夫踏上燃燒的小舟殉死，那留給媽媽的就遠遠不只是悲傷，還有深思。

書裡有許多動人的描寫，比如女兒不是親生的，在醫院出生後，兩口子把她收養了。說到女兒小時因爲吃花園裡的果子中毒送醫院的事，說到丈夫去世前，他們送已是成年人的女兒去醫院，可是女兒再沒能與父親告別。好些地方，媽媽的眼睛都模糊了。

媽媽想給你讀這些片段，可是擔心淚水弄濕你。

有天下午，媽媽又看了一本寫美食的書，說到一個壞母親做什麼東西都會壞掉不好吃的故事，有趣極了。說給你聽，你搖搖頭。媽媽給你解釋那書有些部分是虛構的。不必當眞，懂嗎？你聽了，想了想，點點頭。

你剛學會走路沒多久，擔心你走多了會累，媽媽便把你放在地毯上坐著。本來你看書，看見媽媽修理好壞掉的書架，然後把一本本書擱回書架。你走過來，抱著一本本書遞給媽媽。你眞懂事，第一次有意識地幫助媽媽做事，把一頁頁卡片插入書架，用小手去扶整齊。

你長得不太胖，卻正是媽媽希望的那樣，結實。帶你去家附近的超市，坐電動大搖擺車，你很高興。走時，你看爸爸，想他再放硬幣在機器裡，可是你不好意思說，只是用眼睛求助。當然我們沒有做。之前在雜貨鋪裡，你對一把小推車感興趣，抓在手裡不放，看見我們走掉，你眼睛有些擔心，但馬上你明白我們不會眞離開後，眼睛就不看我們了，繼續盯著手推車。

早上五點你哭醒，是作了不好的夢。爸爸把你抱到大床上。你還是哭，媽媽拍你背，給你說話，親吻你，你慢慢睡了，到七點才醒。媽媽睡眠不夠，又睡了一個小時。八點五分起床。

想起昨晚給你洗澡時，你把玩具小貓咪沉下水裡，然後撈起來。媽媽咳兩聲，你也咳起來。你有記憶，媽媽在北京游泳池教你游泳時，把你沉下水底學閉氣。你先是哭，咳，媽媽學你咳。第二次做時，哭聲就輕了，第三次幾乎就哼了幾聲。後來你就習慣了。每當媽媽抱你沉下水底，認爲你會害怕，是不必要的擔心。

看著你一天天長大眞是一種說不出來的幸福。

現在媽媽開始寫小說，寫之前給你寫信。媽媽愛你，永遠。

媽媽在寫外婆，小時每個禮拜六晚上都到院子門前去等做工的外婆回家，外婆看著媽媽，恐怕也是一樣的幸福。外婆卻不敢表示出來，因爲媽媽是她和相愛的人非婚生的。因爲這樣，媽媽一直覺得外婆不愛自己，媽媽叛逆外婆，讓外婆生氣，一直到媽媽成年了，也如此。現在外婆永遠地走了，想對她說一聲對不起，都不可能。想來，青春的美，充滿了無盡的殘酷。

十月荒地也能長丁香

我的朋友送我一張畫：母親抱著幼年的我，還有一束鮮花、燃燒的香燭。時間是一年前。她以此來哀悼我剛去世的母親。

時間靜止，如果能如此，當然好，萬事皆休。可是時間從不靜止。我在廚房時準備一家人的早飯，放下手裡尖利的刀在案板上，默默朝窗外河道癡癡地望去，也許母親知道我在想念她，而會有意經過水岸，人們不是說，河道可通向非人間，是那些在另一個世界的親人們與我們保持聯繫的惟一途徑。

清晨五點起來時，太陽被阻隔在雲層裡，靜靜地注視女兒，她進入夢境。廚房的冰箱亂叫，開始清理，不知不覺中發現好幾種鹹菜和牛奶。母親喜歡任何鹹菜，卻是對牛奶不太喜歡，覺得吃了會拉肚子，如此說是曾經家窮，沒錢買，以後能吃上，肚子眞不適應。女兒呢，迷戀牛奶到早晚都得喝一杯的程度。記得母親晚年總愛把桔子皮放在冰箱裡，味好聞。如法炮製，我關上冰箱門。母親說，好好對女兒吧，她會給你我不曾給你的一切。

我眼睛馬上紅了，打開冰箱，裡面已有股檸檬香味。眞快！心裡不由得謝謝母親。

用啤酒擦蘭花和滴水觀音。進衛生間；把早餐的雞蛋和小香腸端上桌。那是女兒的最愛。《小王子》裡面的男孩嘲笑大人們，你們眞多事，我只愛一朵玫瑰花，我只喜歡你畫的盒子裡的羊，最年輕的羊。

吃早飯給女兒重讀這些故事，以小王子的眼睛看周遭，女兒唱，伊呀呀，好像在說，節省淚水，淚水就會變成鹽；那不幸之事會變成糖。

做菜做了幾十年了，菜裡一向多鹽少糖，美味常年這般，怎麼會不衰敗？

晚上六點你游泳，小魚兒小球兒都掉入水池，我們都掉入水池，水波浪起來，牛馬在叫喚，小貓小狗小豬一起唱，四月不再是殘忍，十月荒地也能長丁香。一直坐在沙發上看發黃的日記，時間過得眞快，發現你已長大，你把我當成一本日記讀。

那一天會到來，我不會等得太久。

小小姑娘

十月荒地也能長丁香

原諒我，孩子

一

每年夏天我們都要到義大利深山裡度假。我的書房掛著母親與我兩歲時的照片。你問我，「外婆在天上知道我們在這裡嗎？」

我說：「她知道。」

「那外婆知道我們在想她嗎？」

我說，「當然知道。」於是我對你說起給外婆奔喪的事來，那時你在肚子裡，我心急似火地朝機場趕去，趕到南岸老屋。可是晚了，外婆已走了，她不肯見我，哪怕她想見我，可是死神也不讓我們母女相見。

你聽了，好一會兒也沒有說話。你轉身走了，樣子好憂傷。

現在我寫給你們的書《好兒女花》終於出版了。

相信外婆在天之靈能讀到，也盼望你有一天能自己讀，想她會喜歡，可也會讓她非常傷悲。你也一樣。親愛的孩子，不要傷悲。這不是我寫書的本意，只是想讓你瞭解過去，我是怎樣一個人。我知道你從那遙遠的地方來到我的世界，路途一定很辛苦，每每聽到你夢中哭叫，我感覺自己有罪，彷彿我把過去那些痛苦的記憶遺傳給你。孩子，原諒我。

昨晚寫了兩首詩，都是給你們的。

母親的鐘

我的聲音裡有你的聲音
像燈裡的瓦絲
什麼時候斷
什麼時候世界進入黑暗

我一次比一次有勇氣站在你面前
我拒絕裸體
是因爲我的裸體總被強暴
你比我幸運，你有愛你的人
我呢，看舊地板上的螞蟻爬上雙腿

恥辱使我連你的聲音也不曾聽懂
我只做一件事：
記下螞蟻傷心的賦格
不知你像個囚徒始終掛在空中搖擺

誰的女兒

找不到傢俱
只摸到自己的手
西比尼尼山脈有道閃光
照見手背上的烏雲

五千年前，你是一道影子
我經過無數陌生國度，進入義大利
喊著你的名字找你，有一天，你來到我枕邊
說媽媽，你這個可愛的吸血鬼

從那之後，
我頭髮裡全是溫柔的眼淚
用力推開那尖叫的悲傷

二

從書房的窗子可見遠近山峰覆蓋的閃亮白雪，遠處海平線清晰可見，好些叫不出名字的鳥在天上飛來飛去。你不時跑到我書房來看我，每次帶來幾頁畫的畫，說是送給我的禮物。

我仔細地看你的畫。畫的色彩和線條都是天然的樣子，有點神祕，有點怪異，有點讓我不知所措，也有點使我心碎和感動。

你畫的畫大都是女人，有時是你自己，有時是你隱形的好朋友，一個與你同樣身高的小女孩，披著長髮戴著野花；有時是我，穿著有摺的長裙，手裡有枝筆；有時是小姨，住在一個高高的城堡裡；有時是外婆，戴了頂黑帽子，我看不到她的眼睛。

你問我：「外婆眞的死了，對吧？」

我回答：「你知道的，外婆走了。」

「她眞的是去天堂嗎？我們坐飛機經過的高高的天上？」

「是的，孩子。」

天眞無邪的孩子，是這個世界的一塊淨土。我們這些大人因爲生活的沉重和可怕，畏懼猶豫到無法朝前邁步，這時我們看到孩子，才有了力量，繼續朝前走。

以前，我的母親，恐怕也是如此。她因爲我們這些兒女，才朝前走，直到再也走不動的時候。弱水三千，只取那一瓢飲。一般專指愛情，可對母親而言，就是如此，我們這些兒女就是她的那一瓢飲。

二〇一一年三月三十日完稿

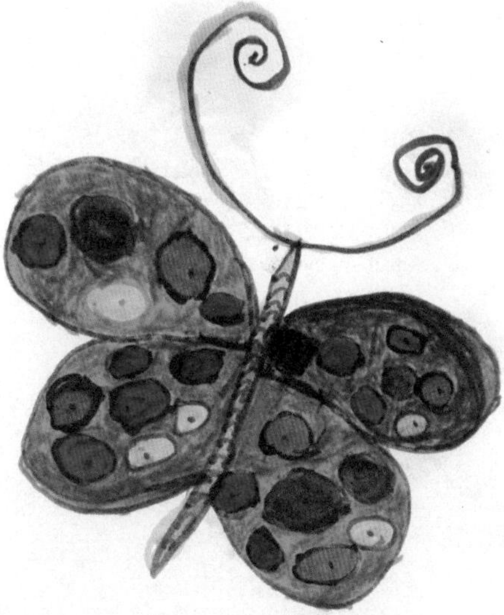

小小姑娘

原諒我，孩子

文學叢書 308

INK PUBLISHING

小小姑娘

作　　者　虹　影
繪　　者　Sybil Williams
總 編 輯　初安民
責任編輯　施淑清
美術編輯　林麗華
校　　對　黃子庭　施淑清　虹　影

發 行 人　張書銘
出　　版　INK印刻文學生活雜誌出版有限公司
新北市中和區中正路800號13樓之3
電話：02-22281626
傳眞：02-22281598
e-mail : ink.book@msa.hinet.net
網　　址　舒讀網http : //www.sudu.cc

法律顧問　漢廷法律事務所
劉大正律師
總 代 理　成陽出版股份有限公司
電話：03-2717085（代表號）
傳眞：03-3556521
郵政劃撥　19000691 成陽出版股份有限公司
印　　刷　海王印刷事業股份有限公司

港澳總經銷　泛華發行代理有限公司
地　　址　香港筲箕灣東旺道3號星島新聞集團大廈3樓
電　　話　(852) 2798 2220
傳　　眞　(852) 2796 5471
網　　址　www.gccd.com.hk

出版日期　2011年 12月 初版
ISBN　978-986-6135-55-2

定　價　270元

國家圖書館出版品預行編目資料

小小姑娘／虹　影 著.--
初版. --新北市中和區：
INK印刻文學，2011.12
面；15 × 21公分. --（文學叢書；308）
ISBN 978-986-6135-55-2（平裝）

857.7　　100018807

K INK INK INK INK INK IN
INK INK INK INK INK INK I
K INK INK INK INK INK IN
INK INK INK INK INK INK I
K INK INK INK INK INK IN
INK INK INK INK INK INK I
K INK INK INK INK INK IN
INK INK INK INK INK INK I
K INK INK INK INK INK IN
INK INK INK INK INK INK I
K INK INK INK INK INK IN
INK INK INK INK INK INK I
K INK INK INK INK INK IN
INK INK INK INK INK INK I
K INK INK INK INK INK IN
INK INK INK INK INK INK I
K INK INK INK INK INK IN
INK INK INK INK INK INK I
K INK INK INK INK INK IN
INK INK INK INK INK INK I
K INK INK INK INK INK IN
INK INK INK INK INK INK I
K INK INK INK INK INK IN
INK INK INK INK INK INK I